라마 블랑 2

Le Lama Blanc

조르주 베스 그림 | 알렉산드로 조도로프스키 글 | 홍은주 옮김

북하우스

조르주 베스 Georges Bess

1970년 23세의 나이로 스웨덴으로 망명해 본격적인 작품활동을 시작한 베스는 다양한 테크닉을 선보이며 『매드Mad』를 스칸디나비아 버전으로 공동 작업했다. 이후 십 년 넘게 그는 복면한 영웅들이 벵골의 이상한 악의 힘과 대항하여 싸우는 유령 이야기 『벵골의 유령』을 그렸다. 1987년 파리로 돌아온 베스는 조도로프스키를 만나 『라마 블랑』의 작업을 시작했다. 다음해 『라마 블랑』 1권으로 만화 부문의 RTL 대상을 수상했다. 이후 그는 모든 작업을 중단하고 오로지 조도로프스키와만 작업을 하면서 『아비발 5』와 『주앙 솔로』를 그렸다. 특히 『주앙 솔로』는 1995년 앙굴렘 페스티발에서 알파르 최우수 시나리오 상을 수상했다. 1998년 이후로 베스는 오래 전부터 준비한 『에스콩디디』를 독립적으로 작업, 불어판 첫 작품으로 출간할 계획이다.

알렉산드로 조도로프스키 Alexandro Jodorowsky

1929년 러시아계 유대인의 아들로 칠레에서 태어났다. 산차코 대학교에서 심리학과 철학을 공부하던 중 마임에 매료되어 라틴 아메리카 전역을 방황하다 1955년 파리에 정착했다. 여기서 판토마임의 대가 에티엔 두크레에게서 마임을 배웠다. 그 후 그는 극단을 버리고 페인트공이 되기도 하는 등 다채로운 삶을 살았다. 1962년 〈파니크Panique〉라는 극단을 창설했으며, 멕시코 초현실주의 문학을 소개하는 잡지 『S. nob』를 창간하면서 소설가, 연극 연출가, 영화감독 등 다양한 활동을 펼쳤다. 1966년 마침내 만화계에 데뷔, 마누엘 모로의 그림으로 미래주의적인 모험담 〈아니발 5〉를 세상에 내놓았으며 이어 뫼비우스와 함께 『잉칼』 시리즈를 작업했다. 1971년 자신이 주연, 감독, 각색을 한 『엘 토포』를 발표했는데, 이 영화는 컬트 영화의 고전이 되었다. 조도로프스키는 뫼비우스 계열의 젊은 작가들은 물론 일본의 대가들에게까지 시나리오를 제공하면서 제9의 예술을 위해 의욕 넘치는 활동을 펼치고 있다. 그 외 대표작으로는 『알레트 토』 연작, 장-클로드 갈과 작업한 『디오자망트의 열정』 등이 있다.

LE LAMA BLANC
by Bess & Jodorowsky

Tome 4 Le Quatrième Voix First edition: 1991 Les Humanoïdes Associés
ⓒ Humano S. A. - Genève

Tome 5 Main Fermée, Main Ouverte First edition: 1992 Les Humanoïdes Associés
ⓒ Humano S. A. - Genève

Tome 6 Triangle D'eau - Triangle De Feu First edition: 1993 Les Humanoïdes Associés
ⓒ Humano S. A. - Genève

G.BESS

옮긴이 **홍은주**

1967년 부산에서 태어나 이화여자대학교 불어교육과 및 동대학원 불문과를 졸업했으며 전문번역가로 활동하고 있다. 『태양의 여왕』『아르테미시아』『자신 있게 살아라』『여자의 생은 무엇으로 이루어지는가』『디오게네스의 햇빛』 등을 우리말로 옮겼다.

라마블랑 2

초판 인쇄 | 2001년 8월 1일
초판 발행 | 2001년 8월 10일

지 은 이 | 알렉산드로 조도로프스키 / 조르주 베스
옮 긴 이 | 홍은주
펴 낸 이 | 김정순
펴 낸 곳 | (주)북하우스
출판등록 | 1997년 9월 23일 제1-2228호

주 소 | 110-795 서울시 종로구 운니동 98-78 가든타워빌딩 802호
전자메일 | editor@bookhouse.co.kr
홈페이지 | www.bookhouse.co.kr
전화번호 | 741-4145~7
팩 스 | 741-4149

ISBN 89-87871-78-9 04860
89-87871-76-2 (전2권)

네번째 이야기

네번째 목소리

머저리 같은 것들!
모르는 체한다고
먹혀들 줄 아느냐!
BESS x JODOROWSKY
승원에 기어들었던
밀정 한 놈이 사라졌다!
입 닥치고 있는 걸 보니
네놈들도 다 공범이구나!

더러운 배신자들… 허나 결국 입을 열게 될 것이다… 입을 열게 해주지!
아악!
벽을 모조리 허무는 한이 있어도 잡아낼 것이다! 네놈들의 방 구석구석! 네놈들이 모신 불상! 불기(佛器)! 네놈들의 의지도! 골통도! 믿음까지! 모조리 깨부수겠다!
이따위 미친 충성심은 먼지로 만들어주마!
가브리엘과 스승들은 불상 안에서 이 장면을 지켜보고 있었다…
가브리엘, 무엇이 보이느냐? 정신을 모아보아라!
참혹합니다… 증오… 추악함… 비열함… 아아, 스승님…
더는 참을 수가 없습니다… 두렵고 가엾습니다… 저들은… 괴물입니다…

스승님들의 아우라는 그토록 신비롭고 아름다웠으나, 저들의 아우라는… 끔찍합니다!
저런 세상에 갇혀 남은 생을 살아야 합니까? 이 지옥 속에서 견뎌야 합니까?
진정해라, 가브리엘… 익숙해질 게다. 적을 알아야 물리칠 수 있는 것!
세번째 귀가 열렸을 때 가장 먼저 덮쳐오는 번뇌는 깨치지 못한 인간들의 도전과 이 세상의 불화이니라…
세상을 바꾸고 싶거든 네 자신부터 바꾸거라. 너 또한 세상의 일부이기 때문이다.
오너라… 아직 할 일이 많다…
이제 여행을 데려가주마… 천상의 여행을…
서둘러라! 동이 튼다… 감찰승려들이 너를 찾기에 혈안이 되어 있다… 한순간도 그냥 흘려보낼 여유가 없구나.

보아라! 신성한 수정이다!
고대인들은 죽음의 문을 건너기
위해 이곳에 모였더니라!
!

죽음의 문을 넘어보지 않고는 공간과 시간 속에는 끝도 시작도 없음을 깨치지 못하리라…
수천 년 전부터 여기 존재하고 있던 저 수정의 힘을 받아 정신을 모아야 하리니…
네 몸에서 벗어날 수 있으면 어디고 원하는 대로 갈 수 있다! 빛보다 빠르게, 생각보다 빠르게!
그 무엇도, 그 누구도 너를 멸하지 못한다.
죽음은 존재치 않으므로…
명상하자!
가브리엘, 수정을 바라보거라! 집중하라! 번뇌도, 미혹도, 욕망도… 다 잊으라! 모두 비우고 다만 바라보라!
지난날 추가 가르친 호흡 수련법을 기억하느냐? 배운 대로 하거라…
알겠습니다, 스승님…
침묵 속에서 들숨과 날숨을 세거라… 깊이… 점점 더 깊게…

내 아가… 내 스승이여…
이젠 숨을 쉬지 않는구나…
카탈렙시*에 들었다! 참으로 장하다.
진정한 전사만이 그 문을 건널 수 있는 법…
네가 자랑스럽다,
가브리엘 마르파… 나는 여기서
네 육신을 지키겠다…
여행 잘하고 돌아오너라,
어린 친구여!
가장 든든한 안내자가
네 곁에 있다!

* 카탈렙시: 완전히 의식을 놓아 죽은 것처럼 보이는 상태 — 옮긴이

스승님!
스승님!
두려워 말거라, 가브리엘! 네 육신을 떠났으니 쓰러지지 않는다!
!
오너라! 이곳을 떠나자!
하지만 …? 벽은요?
빛의 끈이 그대로 있는 한 걱정할 것 없다… 고통도, 저항도 없을 것이다… 중력도 우리를 누르지 못한다.
천상의 몸은 물질과는 상관없는 것… 날아라, 가브리엘! 순수한 기쁨에 젖어들거라… 죽음은 존재하지 않는다!
아아, 스승님! 진정… 무어라 말해야 할지요!…
즐기고 누리거라, 가브리엘! 마음껏 젖어들거라…

우리는…
자유로우니라!
아름답습니다,
스승님!
가없는 대양과 눈 덮인
산봉우리 위를 날아…
모든 경계의 끝까지
다가설 수 있다…
원하기만 하면 된다!
생각하면 그 즉시
가고자 하는 곳에
닿는다…
우주란 기대한 책
지나지 않는다.
거기서 네 지혜를
구하거라…
그러나… '보고자'
하는 마음으로
지평선을 넘어온
이들에게도 위험은
도사리고 있는 법…

슨 일이 일어날 수 는 것입니까, 스승님? : 아무것도 없는데요… 각보다 빠른 속도로 가는데 무슨 위험이 다는 말씀이신지…
가브리엘, 우리는 천상 세계에 와 있다… 허나 사실은 연못 바닥의 진흙 속 벌레들처럼 삿된 번뇌가 들끓는다는 것을 잊어서는 안 된다…
세속의 번뇌란 미묘하고 날랜지라 단숨에 누구라도 덮칠 수 있느니라…
!!?
스, 스승님! 숨이 막힙니다! 도와주세요! 아악… 살려주세요…

그것들의 이름은 헤아릴 수 없이 많으니… 권력욕, 증오, 분노, 폭력, 질투, 시샘, 경쟁심…
… 이기심, 탐욕, 무지, 게으름, 허영, 나태함, 거짓말…
… 색욕, 욕정… 그밖에도 끝이 없느니라…
… 도둑질, 살인, 잔혹함, 의심, 교만, 무관심…
그렇다면 어
거기서 벗어
있는지요? 그
많은 것이
조이고 있는
단호히 내치고 물리치면 그것들은 힘을 쓸 수 없느니라… 그것들이 너를 덮칠 수 없다는 믿음을 가지거라! 두려움에 맞서라! 자, 이리 오너라! 이제 한층 고결한, 다른 존재계로 갈 것이다…
세속의 번뇌여, 삿된 망념이여! 물러가라, 물러가라… 옴탓삿! 옴탓삿!…

그런 것… 같습니다, 스승님. 인간의 밑바닥에서 오는 온갖 번뇌는 결국 깨달음의 방해물…
이제 알겠느냐, 가브리엘?
…그렇다! 깨달음의 가장 큰 적이니라!
저 위에서 찬란한 빛의 그물이 너를 부르는 것이 느껴지지 않느냐?
이곳은 고결한 인간의 정신으로부터 태어나는 지순한 존재들이 머무는 곳! 오직 투명한 정신만이 머무는 곳이다…
신비롭습니다! 황홀합니다!
이들은 우리 안의 하늘을 밝히는 별이며, 우리가 가는 길을 앞서간 스승들이시며, 우리를 이끌어주시는 안내자이시니라.
아름답고 신비로우나… 스승님, 사실은…
무엇이냐, 가브리엘? 말해보거라…
아직은 이 같은 존귀한 세상보다는…
실은… 어머니가 못 견디게 보고픈 마음이…
무슨 일이냐, 가브리엘 마르파?
좋다… 당장 가보자꾸나. 이리 오너라!

보세요! 던돕 스승님! 저희 마을이에요!
저기! 저희 집이에요!
그런데… 해가 뜨기도 전인데 벌써 일을 하다니요?
어머니! 어머니! 페마 이모!…

어떻게 된 거죠?
어머니가… 돼지우리에서!
동냥아치처럼 머리를 산발한
채 오물을 뒤집어쓰고?…
보거라, 이 땅의 새 주인
이 지체 높은 방문객을
모셔오고 있구나!
누추한 곳까지 방문을
해주시다니, 원…
저런! 냄새 한번
고약하구만!
허나, 아시다시피… 하도
어려운 시절인지라… 에, 또…
…다들 자기 밥값은…
하는 것이 마땅하지요!
허허… 그렇다 해도 세상의 모든
고통에는 약이 있는 법… 이러면 어떻겠소?
페마도 한창 물오른 나이겠다…
내 첩으로 들어앉겠다면야…
내 두 사람 모두 후히 대접하겠소만…
참으로 너그러운 말씀입니다, 기알포 나리…
그런 자비를 입으면 미천한 저들이야
몸둘 바를 모르겠지요…

남편 쿠텐의 유언에 따라
우리 둘은 시동생인 케상에게 복종해야 한다…
하지만 페마가 결혼할 사람은 페마가 고른다!
당신네들이 나서서 내 동생을 욕보이게 두진 않겠다!
저런, 저런!… 필경 정신이
돌아버린 게지요, 나리.
어느 안전이라고 눈을 똑바로
뜨고 대드는 겐지!…
그만 해요, 언니! 나 때문
언니까지 고통받는 걸
더이상 볼 수 없어요!
차라리 내가 희생하겠어
미친 소리 그만 해라,
음탕한 늙은이 같으니!
내 동생을 팔려가게
둘 줄 아느냐!
절대 안 된다! 너를 돼지
만도 못한 저 인간에게
보내느니 이 자리에서
당장 죽어버리겠다!
츳츳!… 성미 하고는…
페마가 나한테 오기만
하면 편안하게 지낼 수
있다는데도…
…옛날처럼 남부러울 것 없이 살게 될 터인데,
고집은…
소름이 끼쳐요! 어떻게든
해주세요, 스승님!
인간의 운명에는
개입할 수 없다,
가브리엘!
…선택은 순전히
저들의 몫인 게야…
철푸덕
나리!
네 어머니가 선택을 했구나,
가브리엘! 선택은 돌이키지
못한다. 네 어머니와 페마를
위해 네가 해줄 수 있는 일은
아무것도 없다. 이제 승원으로
돌아가야 한다. 천체 에너지를
이미 많이 써버렸다. 자, 가자!
어머니! 다시 올게요!
꼭 다시 오겠어요!
건방떤 걸 후회하게 될 거다!
두고 봐라!
그 오만함을 꼭 깨부숴주마!
곧 그 돼지우리에서 빼달라고
눈물을 쥐어짜며 사정하게 될걸!
미련한 암캐들 같으니! 언젠
가는 네년들 눈물을 짜내서
오늘의 치욕을 씻고 말겠다!

더 세게!
힘을 써라!… 좋아!
조금 더! 더! 더!
여어 엉차!…
BESS & JODOROWSKY
됐다! 기생충 같은
놈들의 은신처 통로다!
이번엔
못 빠져나갈 거다!
자, 가자!

가브리엘, 정신 차려라… 이 물약을 좀 삼키거라…
으으… 움직일 수가… 없어요… 너무… 추워요…
네 영혼이 속히 육신으로 돌아와야 한다…
던돕 스승님, 가브리엘! 제발… 어서 정신을 차리세요! 큰일났습니다! 감찰승려들이 마침내 비밀 통로를 찾았습니다… 당장이라도 들이닥칠지 모릅니다!
이토록 급작스럽게 깨어나니… 참으로 고통스럽구나. 우리가 얼마 동안이나 카탈렙시에 들었던가?
꼬박 사흘입니다!
추 스승님, 물약의 쓴맛 때문에… 몸이 불타는 것 같아요… 불길이 혈관을 타고 흐르는 듯해서…
육신에 깃들인 무력함을 떨쳐내기가 힘들구나… 움직임이 곧 고통이로다!
동굴 끝에서 불빛이 새어나온다!… 놈이 저기 있다!

호오! 원숭이가 혼자가 아니구만 그래!
반항해도 소용없다! 네놈들은… 독 안에 든 쥐다!
저들이… 너무 많습니다… 수정 쪽으로 물러서십시오!
가까이 오는 놈은 누구든 머리통을 박살내주겠다!…

하하하! 제법 싸울 줄 아나 본데 제아무리 잘났어도 이번에는 상대가 안 될걸!
뭣들 하고 있냐! 당장 놈들을 잡아!
움움움움움움움움
어쩔 수 없구나… 추! 앉게나! 가브리엘, 너도! 어서!
움움움움움움움움 움움움움움움움움
어억! 눈… 내 눈이!
허엇! 도대체 이게…?!
아무것도 안 보인다!
아아악!
놈들이 마법을 부린다!

가브리엘, 뛰어라!
빡!
히압!
퍽!
으윽!…
가자! 길이 뚫렸다!

감찰승려들이 이 길로
왔군요… 저들이
명상실의 가장 성스런
불상을 부숴버렸어요!
이번엔!…
…우리가
졌습니다!
이길 때가 있으면 질 때도
있는 법이라지 않더냐,
가브리엘!

추 승려!… 던돕 승려!… 승원에서 맡은 막중한 임무도 잊은 채 서슴없이 모반의 죄를 저질렀구나! 밀정을 끌어들였어!
너희들은 감히 성스런 툴쿠에 대항했다!
으어어… 성, 성스런 툴쿠에… 대항!
반역자들을 석실로 끌고가라!
체… 체탄!
쉿! 지고한 스승님, 제가 여기 있습니다.
가거라! 그 어느 때보다 더 빨리! 날거라!
그분께 이것을 전하라!
석실… 서억… 실! 아하하하하!

이봐, 발바리! 그렇게 울고불고할 것 없다! 혼자가 아니니까! 봐라! 너랑 무덤을 나눠 쓸 친구들이 오고 있잖냐!

톱덴!
가브리엘! 너도 잡혔단 말야?!…

우릴…
생매장하려는 거야!
생쥐처럼!
맞아… 으어어…
생쥐! 생쥐!… 이히히히!
자, 빨리 끝내자!
덩치 큰 놈부터 처넣어!
비켜라!
톱덴! 울지 말거라!
두려워할 필요 없다!
다음 놈!
다음 놈!

이잉! 과…
과자…
이번엔 흰 원숭이!
흰 원숭이! 과자 도둑!
내… 과자…! 주, 죽인다!
?!
아아아아아악
꺽… 꺼억…
?!
린—파!
안 돼!
움직이지 말라!
발톱 하나로 툴쿠의
목을 따버릴 수도
있는 고양이다!
린-파! 그만 해!
피와 맞바꾼 자유는
내게 아무 의미도 없어!
그 아인 아무것도 몰라!…
그를 놓아주어라!

증오를 증오로 갚아서는 안 돼… 그렇게 해서 악이 되풀이되는 거야…
신들께 맡기자… 반드시 구해주실 거야! 이게 끝이 아닐 거야!
난 믿어, 린-파! 그리고 너도 믿는다, 린-파!
이리 와!
넌 진정한 왕이야!
네가 자랑스럽다, 린-파! 넌, 권력에 눈먼 인간들보다 고귀한 존재야! 자, 가자!

떨어라!
울어라!
명령이다!
며… 명령이다!
우어어어!…
울어라아아!
진정하세요,
진정… 몹쓸 놈들은
그만 잊으십시다!
아으으…
겁내야… 좋단…
말이야…
나… 무서
워해야…
탕!
!?!
?
뭐야?…
탕!
탕!
저길 봐!
어마어마하게 많은
군인들이! 완전무장을
했는데요!
곧바로 이쪽으로 옵니다!
사람들이
몰려옵니다!
계곡에 진을 치고
있는 칠링가들이다!
멈춰라! 아무도
움직이지 말라!
여왕 폐하의 이름으로
명한다!

랑달 대령과 윌리엄 신부로군!
칠링가…
칠링가…
달라이 라마가 친히
서명하신 명령서요!
이렇게 방문해주시니
참으로 큰 영광… 예?
명령이요? 달라이 라마의?
당신이 모시는 분의 인장을
못 알아보겠다고 하지는 않겠지요?
무… 물론이지요, 신부님!
신부님 말을 믿습니다!
믿습…니다…
당신들이
생매장하려는
백인 소년은
영국인이오!
여왕 폐하의 피를
이어받은 존귀한
혈통을 가진 아이요!
당장 소년을 석방하시오!…
물론 무력까지 동원하며
소란을 떨 필요는
없으리라 믿소만?…

에, 또… 저는… 그런 줄 몰랐습니다… 어찌 알 수가 있었겠습니까, 신부님?
무엇들 하느냐! 어린 칠링가를 풀어주지 않고!
이리 와라, 아가! 넌 백인이다! 이제 아무 걱정 말거라!
?!
하지만… 다른 사람들은요?
저 혼자만 살아남을 수는 없어요!
싫어요! 저도 같이 죽게 해주세요!
티벳인들은 우리 법으로 어찌할 수 없다! 그런 건 신경쓸 것 없다! 새 삶이 너를 기다린단다!
아시다시피 티벳인에 관한 한 모든 것이 제 소관이지요, 신부님! 구멍을 다시 막아라!
막…아라!…
가거라, 가브리엘!… 우리 걱정은 말거라!
다시 만나게 될 것이다…
가라! 내 말이 들리지 않느냐! 가거라!
!
… 알겠습니다!
꼭 다시 만나게 된다… 잊지 말거라!

안녕히 계십시오,
사랑하는 스승님들!
안녕, 톱덴! 안녕,
존귀한 왕 린-파…
부르르르르르
!
?!
?!
뭐… 뭐야?
석실… 석실이!
하 하 하 하 하 하 하
하 하 하 하 하 하
뭣들 하는 게냐!
얼간이들아! 활을 쏴라!
어떻게든 좀 해보란
말이다!
돌아보지 말아라,
꼬마야! 환영이다! 가자!…
전속력으로!…
어서 이곳을 벗어나자!
이랴! 이랴!
석실이… 난다!
날아간다!
기적이다!
마법이다!
하 하 하 하 하 하 하 하 하 하 하 하
환영이다, 환영!
이교도들을 호리는
환영!

며칠 후, 그리스도의 도시 라사에서는…
오늘… 저희에게…
오늘 저희에게 일용할 양식을 주시고… 저희에게 잘못한 이를 저희가 용서하듯이…
신부님, 수업하시는데 죄송합니다만… 더는 안 되겠어요… 이러다간 제가 미치고 말겠어요!…
G.BESS & JODOROWSKY
… 아버지의 뜻이 하늘에서와 같이 땅에서도…
자, 얘들아, 휴식 시간이다. 밖에 나가 놀도록!
대체 무슨 일이지요, 레나?
무슨 일이냐구요? 저 아인… 악마예요, 악마!
a b c d

저 아이한텐 가정교사가 아니라 조련사가 필요하다구요! 아프리카에서 갓 잡아온 맹수도 저렇지는 않을 거예요!
자, 진정해요, 레나… 뭘 그리 야단법석이오? 귀여운 아이던데!
귀엽다고요? 보세요… 신부님의 귀염둥이가 저기 있군요!
유니폼을 벌써 세 벌째 저 모양으로 만들어놓았답니다, 신부님!
왜 그랬냐니까 글쎄 옷 때문에 질식할 지경이라나요! 신부님의 귀염둥이께선 숨을 쉴 수가 없으시다는군요!
흐음…
'귀염둥이 티벳인' 께선 꽉 조이는 깃을 참을 수가 없답니다!
… 윗저고리 소매는 공기가 드나드는 걸 막고… 긴 바지는 발길질을 하는 데 불편하다나요…
발길질?!?
… 야생마 소년께선 영국제 구두마저 이 꼴로 만들었어요… 발가락이 흙과 대화를 나눌 수 있어야 한다나요!!!
대체 이런 아이를 어디서 데려오신 거예요, 신부님? 이 아인 글자 그대로 야만인이에요. 야만인요!

그것뿐이면 말도 안 하겠어요! 자, 식사 시간이다, 가브리엘! 앉아!
신부님, 보시다시피 이 아인 의자에 앉을 줄도 모른답니다!
자, 어서 먹어라!
이건…
먹을 수… 없어요!
이건… 죽은 짐승, 시체잖아요! 생명 있는 것을 죽여서는 안 돼요!
하!
글쎄 이렇답니다! 벌써 사흘째 아무것도 입에 안 댔다구요!!!
!!
그뿐인 줄 아세요?
몇 시간이고 기도하는 법을 가르쳤지만 이 아인 계속 해괴한 자세로 앉아 있지 뭐예요!

손을 모아 기도해라!
어서! 무릎을 꿇라니까!
신을… 왜 저렇게 괴롭히죠?
우리 신들은 힘이 무척 세요!
우리 신들은 강해요! 희생자가 아녜요!
그만 햇!
넌! 티벳인이 아니다!
기도를 하지 않으면 지옥에 떨어진다!
?
나쁜 짓을 저지르면 죽어서 지옥불에 떨어지는 거야!
악마들이 네 심장을 갈가리 찢어놓는다!
지옥불 속에서 영원히 헤어나지 못해요!
심판의 날을 피할 수 없어!
아냐! 저 세계는 그렇게 무서운 곳이 아녜요!
저 세계는 숭고해요! 신들이 그곳에 계시니까요!
죽음 뒤엔 누구에게나 찬란함과 빛뿐이지요!
어리석은 칠링가들이 거짓말을 하는 거예요! 야만인들! 잔인한 사람들!
이교도 같은 말은 이제 그만두거라! 인간은 원죄를 갖고 태어났다! 그리고 넌 백인이야! 크리스천이라구!
무슨 일이 있어도 널 크리스천으로 만들어주겠다!
이 아일 데려가요, 레나. 그리고 이제 부턴…
이 아이한테만 붙어 있도록 하시오.
지금까지의 악몽을 머잖아 잊게 될 거다… 춤을 배워볼까? 자, 이리 오거라! 널 진짜 영국 신사로 만들어주마!
지금까지의 악몽은 머잖아 잊게 될 거다…
자! 하나, 둘, 셋…
악몽은 잊게 될 거야…
하나, 둘, 셋…
잊게 될 거야…
하나, 둘, 셋…
하나, 둘, 셋…

여러분!…
잠깐만
주목해주시기
바랍니다!
구시대의 미신에 물들어 살던 꼬마, 고집불통이었던 어린아이를 데려와 우리 곁에 둔 지도 십 년, 벌써 십 년이 되었습니다!
신부님이?
그 아이가 오늘, 이렇게 주님의 은총과 여러분 모두의 도움으로 누가 봐도 나무랄 데 없는 훌륭한 청년으로 변모했습니다…
저 무지한 이교와 우상 숭배에 대한 승리라 아니 할 수 없지요… 모두 한마음으로 이 기쁨을 나누십시다. 가브리엘, 우린 네가 참으로 자랑스럽구나!
자, 박수!
휘익~
휘익~
브라보!!
생일 축하합니다, 생일 축하합니다,
사랑하는 우리 가브리엘…

짝짝짝
짝짝짝
무… 무어라 말씀드려야 할지… 감회가 새롭습니다. 지금 이 자리에 설 수 있었던 것은 여러분 모두의 보살핌 덕분입니다…
언제나 한결같은 사랑을 주신 여러분… 고맙습니다!
빰빰빰!… 아직 끝난 게 아니란다, 가브리엘! 놀라게 해주고 싶었다. 자, 선물이다!
?!
윌리엄 신부님! 정말… 과분한 선물이에요! 고맙습니다! 제 꿈이 이루어졌어요…
허허, 축하하네, 젊은 친구! 내가 자네라면 좋아서 춤이라도 추겠네!
런던에서 신학 공부를 계속하려무나! 필요한 서류와 추천장이다!
자! 여러분! 파티는 이제 시작입니다! 마음껏 즐기세요!
!
…
!?
아니?!…
페마!

페마!
거기 서요!
가브리엘!
이게
몇 년 만이지!
아아, 페마! 페마가 맞군요!
이모도 못 알아볼 뻔하다니,
이럴 수가!
널 찾으려고 도망쳤어…
밤엔 걷고…
낮엔 숨어 있고…
도망을 쳐?
십 년 전부터 네 엄마와
난… 노예보다 못한
생활을 하고 있어!
네 숙부가 우리
두 사람을…
여기서 벗어날 길은
내가 결혼하는
것뿐야…
아아… 이럴 수가!
어떻게 이런 일이! 미친
놈은 나예요! 나야말로
배은망덕한 놈이야!
두 사람은 십 년 동안
지옥에 팽개쳐져 있었는데,
난… 나는 영국에,
춤에, 파티에…
이런 꼴 보여주고 싶지 않았어,
가브리엘… 하지만 도움을
청할 사람이라곤 너뿐이었어!
?!

가브리엘!
정신이 있는 거냐!
거지와 거기서 무얼 하고 있니!
그게 백인 청년이 취할 태도냐!
썩 들어오너라!
이 여인은 거지가 아닙니다.
제 이모이며 오랜 친구예요,
신부님…
…그리고 이제부턴
제 약혼녀입니다!
!
뭐? 지금 무슨 소릴…
하는 거냐! 넌… 영국으로
가서… 신학 공부는
어쩌고…
제 이름은 가브리엘
마르파입니다, 신부님.
몸은 비록 백인이지만
정신은…
티벳인입니다.
제 운명을 완성할 곳은
바로 이곳,
성스런 티벳 땅입니다!
…그리고 제겐 가족이 있어요…
아버지 쿠텐의 뒤를
잇겠습니다… 카라반을
이끌고… 무역을 하고…
사랑하는 가족을 불행에서
건지기 위해 무엇이라도
하겠습니다…
도대체…
무슨…
신부님… 제게 베풀어주신 은혜,
뭐라 감사드려야 할지 모르겠습니다.
하지만 제 결심은 돌이킬 수
없어요… 떠나겠습니다!
이교도들 틈에서
절대로 살아갈 수
없을 것이다! 넌…
넌 돌아올 거야!
틀림없다!
우릴 두고 간단
말이니, 가브리엘?…
꼭 그래야만 하니!
울지 마세요, 레나! 언제나…
따뜻하게 대해주셔서 고마워요!
두 분은 제게 아버지 어머니 같은
존재예요… 잊지 않겠습니다…
두 분의 가르침을 저버리지 않겠어요…
선물한 말… 그걸
가거라. 주님의
가 있기를 빈다,
내 아들아…
안녕히 계십
시오, 윌리엄
신부님!
안녕히 계세요, 레나!
제발…
축음기 좀 꺼요,
레나!
음악도 뭐도 싫소…
파티는… 끝났소!

가브리엘! 칠링가들이나 입는 그런 옷을 입고는 집에 돌아갈 수 없어!
자, 예티를 잡으러 나섰을 때 쿠텐이 입었던 옷이야…
선교원의 '코주부' 들 사이에 있으니 볼 만하던데! 하하하 얼마나 우스웠는지 알아?
흐음!
페마! 정말… 정말 고마워!
갑시다! 갈 길이 멀고 험해요!
이… 이심…
… 이심!
기다린다, 이심!…

존경하옵는 첸 탁 어르신의 건강과 장수를 위해! 언제까지고 정정하시기를 축원하며 잔을 비웁시다!
딸꾹!… 고명하신 케상의 말씀에… 딸꾹! 전적으로 동감이외다…
첸 탁 어르신의 장수를 위해!
고맙네! 허나 내 한마디 함세! 술과 여자를 지나치게 가까이 하면 곧장 무덤으로 가는 법일세!
술을 더 내와라! 뭘들 하느냐! 술잔을 채워드려라!
A. JODOROWSKY & G. BESS.
딸꾹!… 현자 중의 현자 어르신! 걱정 마세요! 어르신은 우리 장례식까지 보실 수 있을 테니! 하하하!
아무렴요, 기알포! 그렇고말고요!
하, 참 좋은 밤이로다! 신들의 축복이 넘치는구려, 케상! 이렇게 화려한 연회는 처음이외다!
그래요… 신들을 위해 건배! 기알포 나리를 위해 건배!
딸꾹!… 건… 배!…

츳츳! 고기 좀 써는 데
무얼 그리 꾸물거리지,
아트마!
시장하다는데 여인네
들이 굼뜨기는…
참 꼴 좋게 되었네요!
어쩜 저 지경까지 되었죠,
오만하던 아트마가 고기나
썰고 있다니!
돈 쓰면서 살 때에도 저 여
뾰족한 재주도 없지 않았
안됐네요!
형님이 돌아가신 슬픈 날…
이렇게 성스런 축제를
베풀 수 있는 것도…
딸꾹! 다아 복입니다…
친애하는 여러분… 늘 그렇듯이
올해도 제 형님이신 쿠텐의
기일(忌日)에 이렇게 모였습니다.
무지개의 나라로부터 우리 모두의
번영과 행복을 지켜주는 형님의 뜻에
감사할 따름입니다. 갈수록 재물이
불어나는 것도 다 형님 덕이지요…
마음껏 먹고 마시고 즐기시오!
해가 갈수록 이 축제가 성대해지도록
신들께 빕시다!

만세!
케상 만세!
브라보!
케상의 장수와 번영을 위해!
연회에 모인 명망 높은 참석자들께 청원합니다. 작고한 내 남편의 유언과 관련해… 몇 마디 하고자 합니다…
뭐야, 이건?!
무례하기도 하지! 대체 여기가 어떤 자린데 감히 눈을 똑바로 뜨고 입을 여는 게야!
가만… 딸꾹! 분위기도 바꿔 볼 겸, 무슨 소릴 하는지 들어나봅시다…
여기 모인 사람들은 모두 쿠텐의 유언을 알고 있소!
아무렴… 그렇다마다… 거 케케묵은 일 끄집어내지 말고… 뭐 좀 새로운 얘기 없소!
케상과 그의 아내가 그 동안 페마와 나를 보살펴준 것에 감사드립니다…
… 이제 페마가 합당한 배우자와 함께 돌아왔으니… 이 집을 맡아 꾸려가는 데 아무 문제가 없게 되었소!…
뭐라고? 페마가 돌아왔어?
신랑감을 데려와?
하하하! 술 취한 것 아냐?

그만들 하시오!
어머니는 취한 게 아니오!… 내 어머니를 비난하지 마시오! 당신들은 고통과 술주정도 분간 못 합니까!
?
아니, 저건…
가… 가브리엘!
!!…
이게 어떻게 된 거지?
승원에서 쫓겨난 거 아냐?
가브리엘과 페마가 나란히!
두 사람은 결혼할 것이오! 따라서 우리 권리를 모두 돌려주고 거처도 내놓기를 요구하오…
이런 일이…
물론 쿠텐의 뜻에 따라 우리 재산도 모두 돌려주시오!
재산을… 돌려달라고?!
!

닥쳐라!
어디서 감히 상속권을 주장하는 거냐?!!
형님이 살았을 적 가졌던 집과 논밭과 가축과
금은보화는 모두 내게 빌린 것이었거늘…
모두 다 내 것이었단 말이다!
형님이 죽으면서 모든 것이
진짜주인에게 돌아간 것뿐!
나와 내 아내에게 말이다!!!
너희들은 아무것도 가져본 적이 없다!
보리 한 되도! 버터 한 조각도!
이불 한 장도! 돼지 뒷다리 한쪽도!
아무것도!
아무것도 가진 적이 없단 말이다!
!!
아무것도!
아무것도!
아무것도!
…고얀것들, 불쌍해서
거두었더니 감히
어디서 그따위 수작을
부리는 게야?!
이런 괘씸한 짓을 벌여?
저런… 칠링가까지 끌어들여서!?
떠돌이 이방인 같으니…
못돼먹은 흰 원숭이 같으니!
이 집은 우리것이다!…
우리와, 선한 이웃들과,
충실한 친구들 것이야!
칠링가!
더러운 흰 원숭이!
도둑놈!
아아, 이럴 수가…
이제 보니 마을 사람들
모두 한편이로구나…
이럴 수는 없어…
어머니!
너희들이 가진 것이라곤
그 몸뚱이뿐이다! 물론 우리에게
진 빚이 워낙 많아 몸뚱이도 온전히
너희들 것은 아니지! 너!…
네년을 명망 높은 기알포 나리께
선물로 바치겠다! 저분의…
하녀가 되어드려라!
푸하하핫! 이리 오련…
딸꾹! 깜찍한 것!
넌 내 거야!

페마! 안 돼! 페마…
!
완전히…
돌았어!… 불을!
아아아아아아악
돼지만도 못한 놈!
절대로 그렇게는
안 될 거다,
절대로!…
페마… 페마…
어떠냐, 기알포?
이래도 날 갖고 싶으냐?!
내가 아직도 네놈의 욕징을
불러일으키냐? 아님, 다른 쪽
얼굴도 마저 불로 지질까?!
저년이 완전히 미쳤군!
웨퉤퉤!
구역질난다!
마을 전체가 공모를 했구나!
신들이 당신들을
도둑이라고,
탐욕에 빠진 자들이라고
판결할 것이오!
부끄러운 줄 아시오!
모두 저주받을 것이오!

어리석은 것들! 힘이 있거든 싸워보아라! 그렇지 않거든 그저 저주나 퍼붓는 걸로 물러나야겠지!
어서, 어서!
하하하하!
꼴 좋다! 거지들아!
저것들을 당장 쫓아버려라!
원숭이들한테나 가봐라, 칠링가!
가서 개들하고나 어울려 지내시지!
마음이 타락한 자들아!
어머니, 그만 하세요… 진정하세요…
너희들이 다 빼앗았어! 젊음도! 체면도! 다! 이놈들아! 저주받아라!
용기를 내세요, 제발! 정신 좀 차리세요! 그저 지나가는 시련일 뿐입니다! 적어도 목숨은 남아 있잖아요!
목숨? 이렇게 사는 것도 사는 것이냐, 아들아? 떠돌이 개의 운명도 이보다는 나을 거다! 추방된 삶… 저주받은 삶!…
이젠 살고 싶은 마음도 없다! 너무 지쳤어… 날 여기 두고 가거라! 죽는 것이 백번 낫구나… 백번 나아…
그런 말씀 마세요, 어머니! 아직 충격이 가시지 않아서 그래요… 곧 나아질 겁니다…
어머니를 위해 내가 할 수 있는 일이라면 무엇이든 하겠다고 맹세하지요.
진정이냐! 진정 맹세하는 게야?
진정입니다.
가브리엘! 그렇다면 이 돌로…
… 피를 내서 맹세해라!

피다!
내 아들의 피야!
이제 소원을 말씀하세요, 어머니…
몰살시켜라! 그놈들을 죄다! 전부! 그놈들이 가진 것 모두를 없애버려라! 값을 치르게 해! 내가 받은 수모, 고통, 치욕! 땅에 있는 것은 모조리 쓸어버려라!
어머니! 저더러 그들을…
… 죽이라는 말씀입니까!?!
그래! 바로 그거다! 죽여라! 몰살시켜! 그것들을 다 죽여버려!
맹세하였잖느냐!
넌 흑마술을 쓰는 무당보다 강한 존재다! 난 알고 있어! 너도 알고 있지! 넌 툴쿠야! 눈의 나라에서 가장 전능한 존재다!
어머닌… 불가능한 일을 부탁하시는 겁니다!
나를 보아라! 페마를 보아라!
부탁하는 게 아니다! 요구하는 거다! 피를 두고 한 맹세를 지키거라… 어서! 가거라!
가서 복수해라! 네 어미를 대신해 갚아주어라! 그러나 네 숙부와 숙모는 살려두거라… 손놓고 자신들이 망하는 꼴을 지켜보게 해주어라!… 어서 가거라!
어머니… 저를… 돌이킬 수 없는 곳으로… 보내시는군요…
그렇다면…
… 네번째 목소리를 쓸 수밖에 없습니다…
A. JODOROWSKY & G. BESS.

다섯번째 이야기

닫힌 손 열린 손

아들아…
네가 나설 때다…
너는 위대한
라마 미팜이다!
네 안을 들여다보아라…
최면을 걸어라…
기억을 되살려보아라!
BESS & JODO
진정 네 자신이 되어라!
네 맹세를 지켜라!…

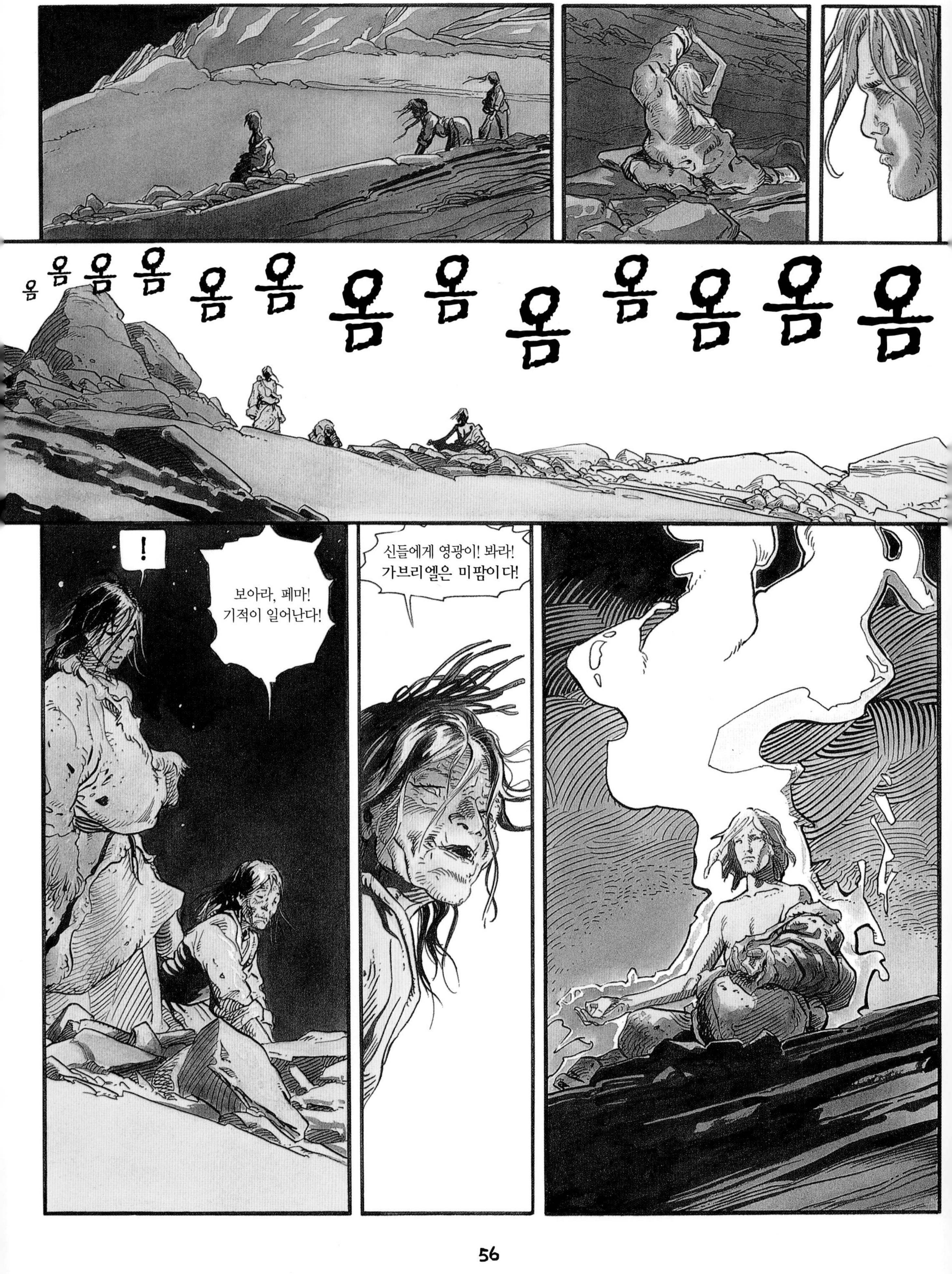

옴 옴 옴 옴 옴 옴 옴 옴 옴 옴 옴 옴 옴
!
보아라, 페마!
기적이 일어난다!
신들에게 영광이! 봐라!
가브리엘은 미팜이다!

그렇다… 이제
네가 날 찾았구나…
네가 나로다…
제가 당신
입니다…
저는 당신
것입니다…
무슨 일이 있어도
우주의 평화는 지켜져야
한다. 나는 살생할 수
없느니라… 나는 모든
이에게 깨달음을
주기 위해 예 왔노라…
그들을 구하기 위해
예 있노라… 그러니
가브리엘,
나는 네 어미의 말을
따를 수 없다…
제가 곧 당신입니다, 미팜… 하오나 이 육신은 당신 것이
아닙니다. 이번 생애에선 어머니의 말을 따르는 것이 옳습니다…
안 된다, 가브리엘…
나로 하여금 조화의 법칙을
깨뜨리게 하지 말라…
어쩔 수 없습니다!… 제 육신은 당신께
맞서고 있습니다… 저는 어머니의 젖으로
컸으니… 어머니의 이름으로 이제 명합니다!
내게 녹아드시오…
사라져
내 몸 안으로
녹아드시오…
내게 모든 힘을
양보하시오!

암
흐라아암
그래! 바로 그거다! 다 죽여라! 다 뭉개버려!
자아, 기, 기알포! 이번엔 무얼 위해 건배할까요?
바… 딸꾹! 밝아오는 새벽을 위해… 건배!
아름다운 새벽을 위해!

!?!
무슨 소리지?
저기! 저기 좀 봐!…
아아아악!
?
?!
뭐지? 끔찍해!
내가… 딸꾹!… 술을 너무… 많이 마신 모양…
아냐, 이건 악몽이야!
지옥의 괴물이다!
저 세상…에서 온 저, 전갈이다!…
!?
으아아아악!
흠 흠 흠
팟!

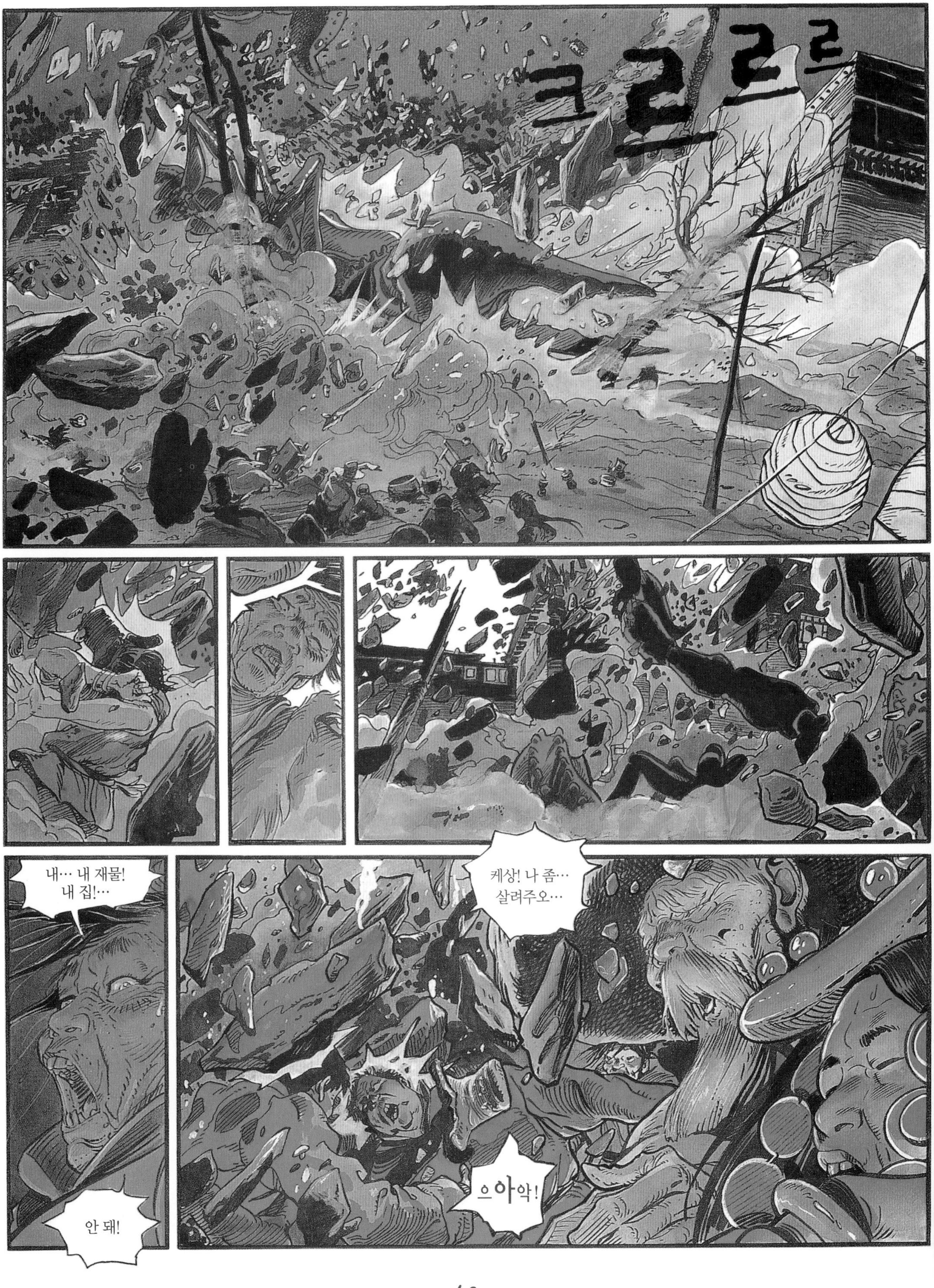
크르르르
내… 내 재물!
내 집!…
안 돼!
케상! 나 좀…
살려주오…
으아악!

르르르
와르르르
가브리엘이 움직일 때마다 전갈도 똑같이 움직여요…
가브리엘이 악마를 부리고 있어! 그럴 줄 알았다! 내 아들만이 복수할 수 있어!
하하하하!… 연기 솟는 폐허! 케상과 그 여편네한테 남은 거라곤 이게 전부야…

옴
나모
나라야
나야..
언니! 너무 가까이 가지 말아요!
전갈이 흩어지는걸…
버러지들이 죄다 짓이겨졌구나!
신들에게 영광 있으라!
어떠냐! 기알포가 떠든 대로 이루어지지 않았더냐!…
"힘이 있거든 싸워보아라. 허나 힘이 없거든 저주나 퍼붓고 물러나라"고 했더냐!… 하하하하!
약한 자, 없는 자의 저주가 힘센 자들은 결코 이룰 수 없었던 것을 해내었어!…
눈 똑바로 뜨고 보거라! 아트마에게 어떤 아들이 있는지! 그 아들이 어미를 위해 어떻게 했는지!
얼마나 통쾌하게 무너지고 내려 앉았는지… 보아라
아들아… 참으로 통쾌한 장면이었다. 이 어미는 기뻐 어쩔 줄 모르겠구나…

하지만 한 사람, 두 사람, 서른, 백 명을 죽이는 걸론 충분치 않다…
저 돼지 같은 것들은 자손 구대(九代)까지 멸해야 해!
모조리 쓸어버려라! 짐승과… 초목도… 모두 불벼락을 맞아야 해!
아들아! 지진을 일으켜라!… 놈들의 더러운 집까지 죄다 쓸어버려라!
…마을 전체를 사라지게 해라! 우박을 뿌려 모든 것을 씻어가게 해라!
오로지 돌무더기만 남겨라! 내 말을 따른다 맹세하지 않았더냐… 어서!
피의 힘으로 네게 명한다!

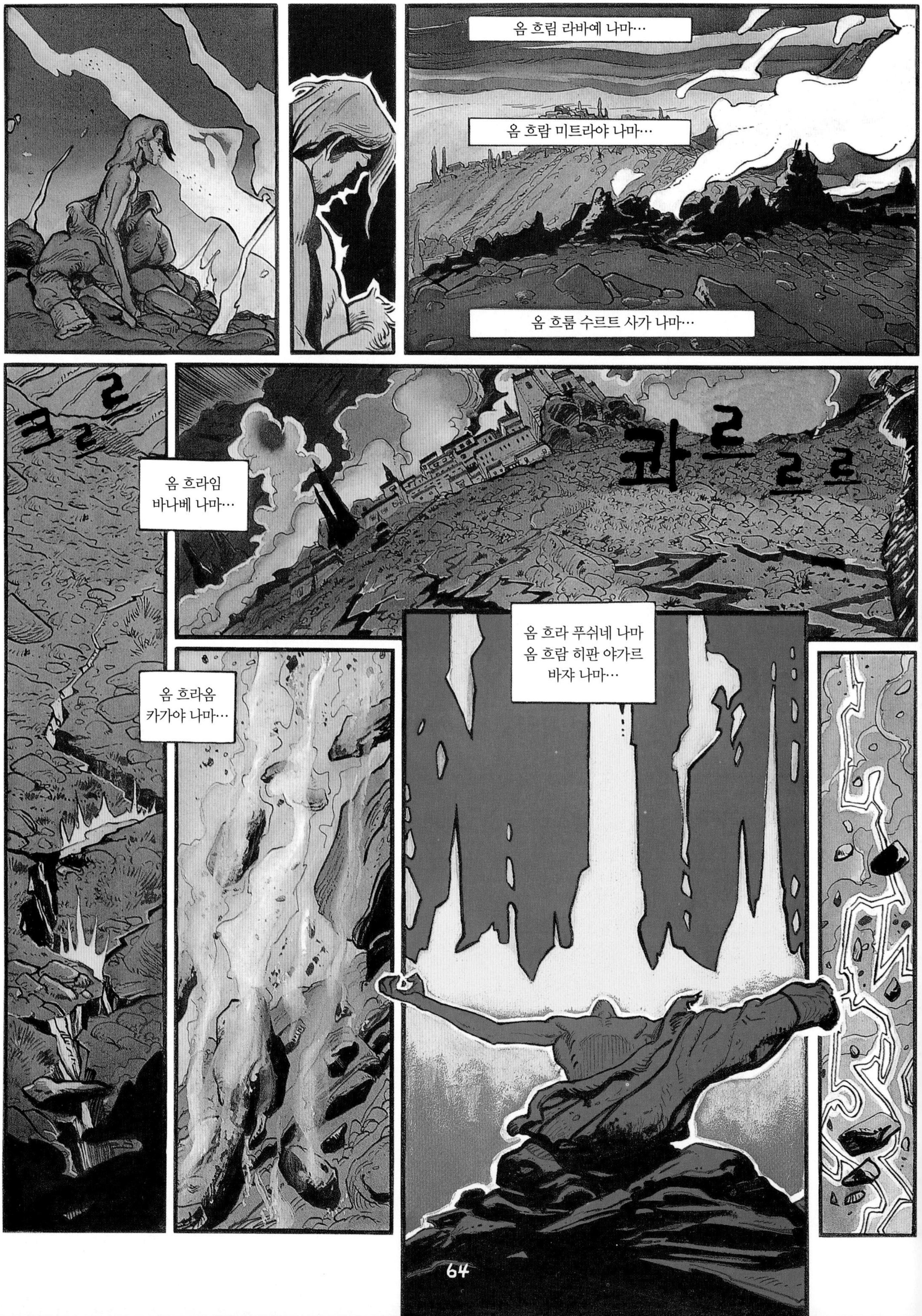
옴 흐림 라바예 나마…
옴 흐람 미트라야 나마…
옴 흐룸 수르트 사가 나마…
크르르
옴 흐라임 바나베 나마…
콰르르르르
옴 흐라 푸쉬네 나마 옴 흐람 히판 야가르 바쟈 나마…
옴 흐라옴 카가야 나마…

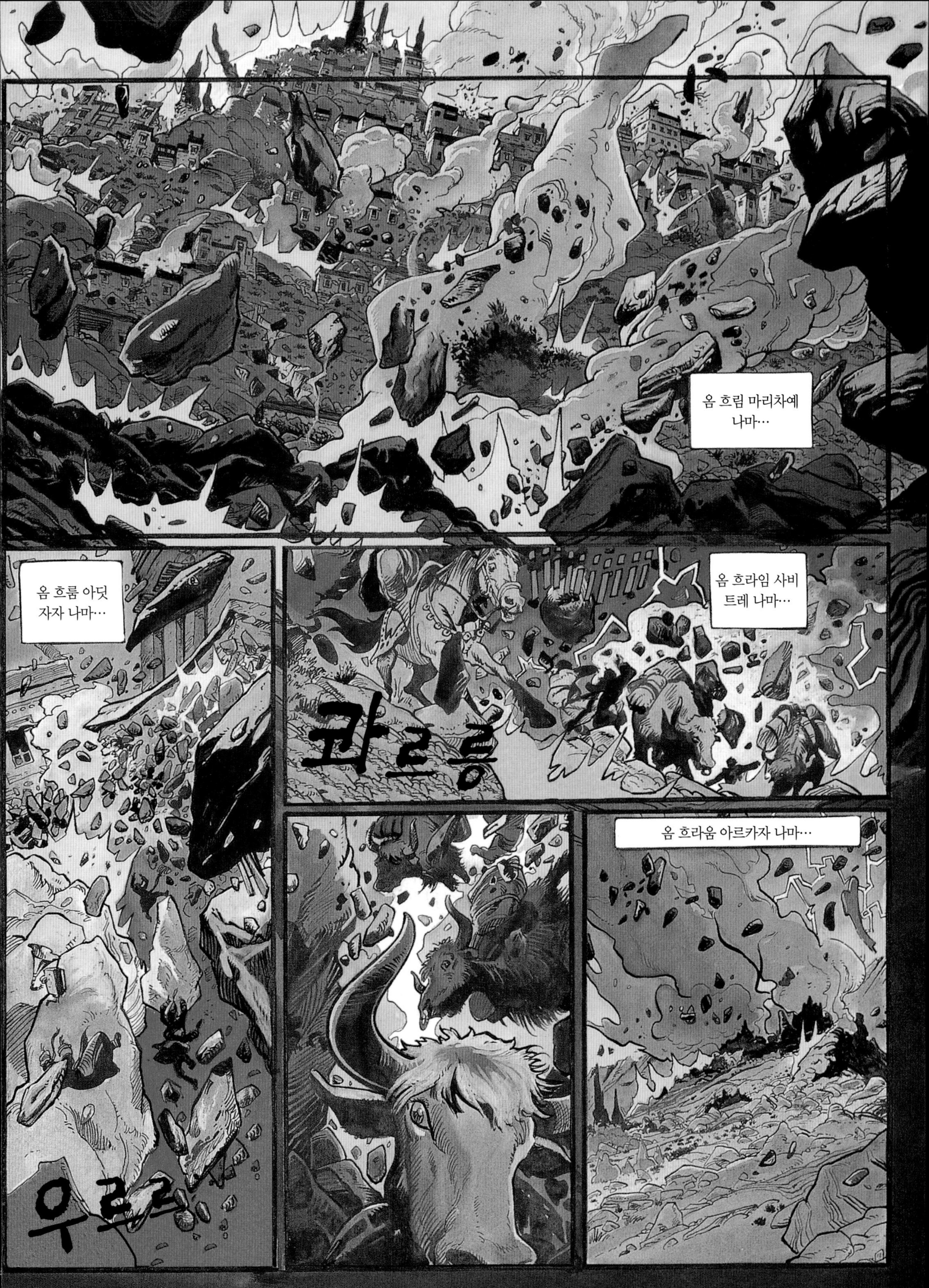
옴 흐림 마리차예
나마…
옴 흐룸 아딧
자자 나마…
옴 흐라임 사비
트레 나마…
콰르릉
옴 흐라움 아르카자 나마…
우르르

죽어라! 죽어!
땅 위에서 사라져라!
쿠르르르
아아아악!…
옴 흐라 바스카르자 나마…

죄 값을 치러야 마땅하지! 장님으로 만들라고 했다, 가브리엘!
네 숙부가 볼 걸 다 봤으니, 이젠 장님으로 만들어 버려라, 가브리엘!
내 눈… 내…
안 돼! 제발… 아아…
으아아아
케상!…
저 여편네가 주렁주렁 걸친 보석들도…
으아아아
다 부숴버려라!
파파팡

우우우웃!
아아아아
하하하하하!
꼴 좋구나!
그만둬, 언니!
그만해!… 이만큼
했으면 충분히
갚은 것 아냐!
제발… 언니,
이제 그만해요!
저들을 보내줘요!
그만하라고?
그렇게는 못한다! 세상이
통째로 없어지는 꼴을
봐야겠다!
언니!
가브리엘! 내 말대로 해라!
세상을 몽땅 파괴해라!
세상을
몽땅
파괴
해라!
파괴해라!
세상을 몽땅 파괴
해라! 파괴해라!
파괴해라!
세상을 몽땅
파괴해라!

어머니… 정신을
놓으셨군요…
이제 전 이 세상에서
살 자격이 없습니다…
가브리엘!
어딜… 가는
게냐?
가지 마라! 가브리엘!
내 말이 안 들리니?
부숴라!
모조리 부숴!
복수하란
말이다!
가브리엘!!!

아아… 내 광포한 욕망과 집착으로 인해 나, 이제 존재의 순환 속에 떠돌고 있으니…
모든 것이 오만과 증오 탓이어라…
신들이여, 빛의 길로 이 몸을 이끄소서…
이 몸을 불안에서 벗어나게 하소서…
못난 이 몸이 그대로 투영된 저 공허한 영상의 제국에서 벗어나게 하소서…
완전한 깨달음과 지순(至純)한 계시 안에 이 몸을 세우소서…
명상 속에서 맛보는 지극한 행복, 그 맑은 빛을 보여주소서…

눈으로 꿰뚫어보는 힘은
사물은 보게 하나
제 자신은 보지 못하며…
불꽃은 스스로를
태울 수 없음이며…
정신 그 자체는
정신을 발견할 수
없음이로다…
!
부웅…
맹금이여… 어찌 나를
죽이려 들지 않는가!
그것이 내 원하는 바이기에
그렇더냐!?…
내가 산 사람으로
보이는가?!
틀렸다!
나는 송장이다!
죽은 몸이다!
내 안의 것은 모두
죽었다… 아무것도
남지 않았다…
오너라!

보라,
나 눕는다…
더는
움직이지
않는다…
나는 죽었다…
어서 오라, 썩은 것을
먹는 이들이여! 이제 그만
끝내자! 나는 살 자격이
없는 몸!…
오라!
이 빛은…
아니…?!

저 다리는…
이곳은… 언젠가, 오래 전에… 온 곳이 아닌가…

쿠… 쿠촉?!
쿠촉! 성스런 은자님!…
스승님의 육신이 이젠 해골이 되어…
붓다의 경지에 드신 거로군요… 찬란한 아우라가 그 증거입니다…
하오나 그렇게 계실 수는 없습니다… 스승님의 유골이 맹금들에게 찢기게 둘 수는 없습니다…
당신은 독수리들의 왕에게 속한 몸…
스승님의 자리는 여기가 아닙니다…
영혼이 옮겨가도록 도와주세요, 스승님…

태양 안에
무소서…
당신 아버지의 가슴 속에 머무소서, 존경하옵는 스승이시여…

까아아아
썩 꺼져라! 썩은 고기나 먹는 것들!
난 산 사람이다!
아직 살았단 말이다!…
이제, 저 높으신 내 스승처럼 붓다의 경지에 들기 전엔 결단코 죽지 않을 것이다…

잘 보아두거라,
썩은 고기를 먹는 것들아!
이 동굴이 그분의 거처였다…
내게는 궁전보다 좋은 곳…
이곳이 내 처소가 되리라…
수많은 세월을,
그분은 쐐기풀만 드셨다…
나 또한 쐐기풀만
먹을 것이다…
몸뚱이엔 거친 천조각
하나만 두를 것이다…
속세의 번뇌를 떠나
무상 보리*의 경지에 드는 데
온전히 바치는 삶은
그 얼마나 값질 것인가…
사랑하고 존경하는 스승이시여,
단단한 고독 속에 침잠하도록
도우소서… 오로지 명상하도록
축복 내려주소서…
진정한 깨달음 속에서
기쁨 누리게 해주소서…

* 무상 보리: 불교 최고의 이상인 진정한 깨달음—옮긴이

3년이란 세월이 흘렀다…
무서워… 우린… 어디로 가는 거지?
불멸의 빙에게 갔던 동료들은 한 사람도 돌아오지 못했어…
곧 얼어 죽든지… 굶어 죽겠지… 두려워…
잠깐! 저 시커먼 중이 잠든 것 같아! 우리랑 연결된 끈을 잡고 있지 않아!
지금 아니면 영영 기회가 없어!
?!
헛!?… 뭐야?!
서랏! 뼈가 부러져 개죽음당하고 싶냐!…
이랏! 달려라, 늙은 말아!
달려! 달리라니까! 이랏! 이랏!
뭐 하는 거야, 이봐?! 너 미쳤니!…
!
빌어먹을! 저것들이!…

조심해!
우아아아
머저리
같은 것들!
빌어먹을 놈들!
안 돼애앳!

이제 어쩐다?
불멸의 벵께
갖다 드릴 제물이
저 꼴이 되었으니…
어디 가서
다른 놈들을
찾는다지?!…
큰일일세!
어쩌면 좋누?!
주인님은 여신상 속에
나를 던져넣고도
남을 분인데…
빌어먹을!
빌어먹을!
빌어먹을!
빌어먹을!

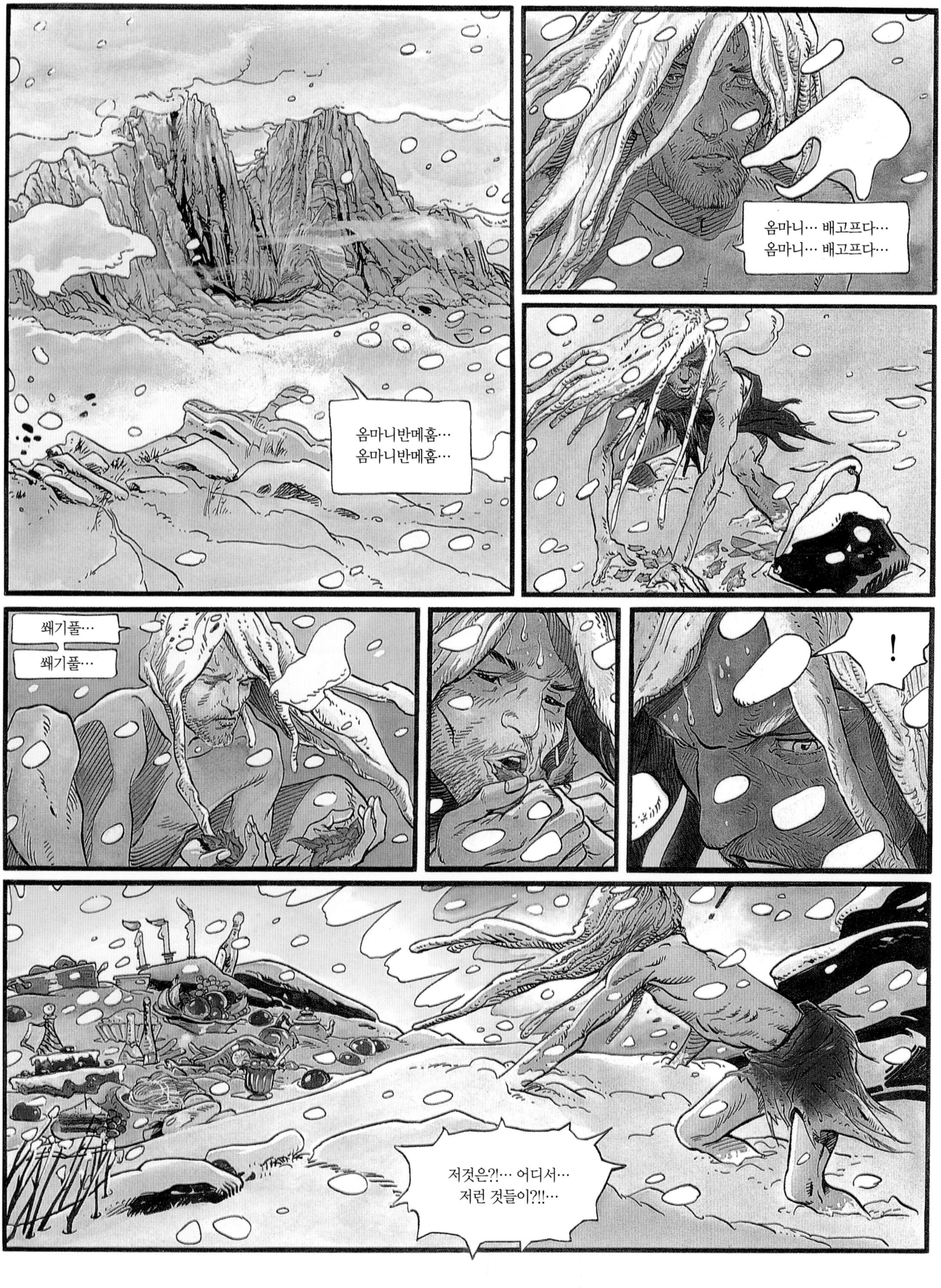

옴마니반메훔…
옴마니반메훔…
옴마니… 배고프다…
옴마니… 배고프다…
쐐기풀…
쐐기풀…
!
저것은?!… 어디서…
저런 것들이?!!…

아아! 서양 요리!… 술과… 과일… 고기에… 달콤한 케이크까지!…
밤 사이 누군가, 불쌍한 고행자를 위해 공물을 갖다 둔 것이다…
내가 정신을 잃었군!… 주검을 먹을 수는 없는 일!… 열 때문에 잠시 정신을 잃은 것이다…
배고픔이 환영을 만들어낸 것이다! 이것들은 다만 내 욕망의 투영일 뿐!…
그저… 환영에 지나지 않는다…
쐐기풀을 먹으리라! 이것이면 충분하다!…

* 만트라: 흔히 진언(眞言)이라 부르는 것으로 신비로운 힘을 가졌다고 믿어지는 말—옮긴이

!
환영… 모든 것이
환영일 뿐…
신들이 내 기도를 들어주셨구나!… 이런 곳에 사람이 있을 줄이야…
오, 존경하옵는 은자여… 혹독한 추위 속에 이렇게… 저기… 따뜻한 집으로 모셔 더운 식사를 대접하고 싶습니다만?!…
제가 모시고 있는 위대한 마법사 빙 어르신께 가는 길인데… 은자님도 저와 함께 가지 않으시렵니까?!…

환영… 모든 것이 환영일 뿐…
아니… 미친놈이잖아!… 미친놈이야!
환영… 모든 것이 환영일 뿐… 환영… 모든 것이 환영일 뿐…
잘됐다… 잘됐어!
환영… 모든 것이 환영일 뿐…
자… 가자! 이럇!
스승님이 기다리신다…
환영… 모든 것이 환영일 뿐… 환영… 모든 것이 환영일 뿐… 환영… 모든 것이 환영일 뿐… 환영…

어떻게 된 거냐?!…
한 놈밖에 못 데려왔단 말이냐?!
예, 스승님… 한 놈뿐입니다… 그게 그러니까… 하지만 이놈은 성스런 은자올습니다!
환영… 모든 것이 환영일 뿐…
뼈와 가죽밖엔 없는 놈이 아니냐!
그래도… 수행하는 은자이니 기름이 한결 깨끗하지 않겠습니까, 스승님…
약을 먹일 필요도 없었습지 제정신이 아니거든요… 아무 못 듣습니다요… 계속해 헛소리만 중얼거리는걸
어서 여신상 속에 던져넣어라!
환영… 모든 것이 환영일 뿐…
시끄럽다! 시간이 없어! 이 문젠 나중에 이야기하도록 하고…
예… 알겠습니다, 영원하올 스승님!

여신상을 다시 닦아라! 미친놈의 주문도 지겹구나!…
콰당
게이룽!
콰르르르
예, 예… 압니다!
영약이 준비되는 사십 일 동안 금식하며 명상할 것 아닙니까…
건방진 것! 뭘 안다는 게야?
"식탐을 억누르는 일은 내가 주는 영원의 생명에 비하면 아무것도 아니니라…"
물론이렷다!
이… 이놈! 어디서 감히 내 흉내를 내느냐!
금식하는 것도 지겨울뿐더러 얼굴도 쭈글쭈글해졌습니다!
… 전… 늙었다구요! 스승님은 안 늙은 줄 아십니까!
늙었을지도 모르지! 허나 난 영원히 죽지 않는다! 네놈은… 믿음을 잃어가고 있으니 늙을밖에!

콰르르르
이건 또?!…
쿠르르르
?!!
여신상이! 여신상이… 무너져내립니다요! 스승님!…
모든 것이 환영일 뿐…
… 환영…
내 여신상!… 야만타카아!
!
어떻게 이런 일이… 저 은자가…
… 어떤 마법사도, 어떤 힘도 나, 불멸의 뷩의 마법을 능가하진 못해…
잘 가거라, 미친놈! 이 자리에서 당장 죽게 해주마!

옴가나파티
프라히탐!
훔
감
담!
담! 스반! 개! 하!…
오, 가네샤, 인도에서 온
코끼리여! 저자를 죽여라!
감히 내게 대적하는
저놈을 뭉개버려라!
옴가나파티
프라히탐!
네가 불러온 짐승은 내게는
그저 환영일 뿐… 보아라!
이미 흩어지고 있지 않은가!
환영은 나를 죽일 수 없다…
마법사여, 너는 나를
어쩌지 못한다…
가… 가네샤!
네놈의 마법도 제법 세구나!
허나 나를 이기지는 못해…
나는 영원히 살기 때문이다!
너는 영원히 살 수 있다
믿으나… 이미 오래 전에 죽은
존재임을 모르는구나…
… 환영… 모든 것이
환영일 뿐…

네놈의 주문은 아무 힘도 없다! 헛소리야!… 모든 것은… 실재한다! 우리를 둘러싼 모든 것이 사실이란 말이다!
듣거라, 유령아!… 자아가 창조하는 것은 환영일 뿐… 권력도 환영… 힘도 환영… 증오도, 사랑도 환영… 자아가 만들어내는 것은 오로지 환영들뿐이다…
있어야 할 모든 것은 이미 우주가 창조했으니…
영원히 살고자 하는 욕구는 다만 꿈일 뿐…
꿈처럼 너 또한 흩어지고 말리라…
아
진짜 네 모습으로 돌아가라…
아아아아
스승님! 이럴 수가… 스승님은 영원히…
… 죽지 않는데…
너도 마찬가지다! 너 또한 신기루일 뿐… 너는 인간인 줄 알지만 실은 주검들에 기대 사는 한 마리 벌레에 지나지 않는다…
원래의 모습으로 돌아가라!
!
환영… 모든 것이 환영일 뿐…

환영… 모든 것이
환영일 뿐… 환영…
모든 것이
환영일 뿐…
환영… 모든 것이
환영일 뿐…
환영…
환영…
환영…
…환…

힘이…
소진했구나…
손…
내 가여운 손이여…
얼고… 말았구나…
죽음이…
온다…
이제 곧… 영원히…
얼어붙으리…
내 손이여… 이 생에서 이루지 못한 것은…
다른 세상에서 이루게 되리라…
육신도… 다만…
환영일 뿐…
환영일 뿐…
안 돼!
죽지 마!…
죽지 마!
이심 스승!

자지 마…
추워! 나빠!
?!
아-이우랑 같이 간다!
자면 안 된다!…
아-이우, 친구
다… 이심 스승…
?!
친구…라고?!
아-이우?
무슨 일인지… 누구요?…
난 기억이 나지 않아…
나중에…
말해준다…
아-이우가 동굴로
이심 데려간다…
죽지 마…
죽으면 안 된다…
먹어라…
이것…
?
좋은 거다…
생고기…
먹어라!…

안 돼!…
고기는 안 돼…
살생은 금물이니…
난 먹을 수 없다…
그대가… 진정
내 친구라면…
먹어라!… 말하지 말고… 먹어라!
그래…
먹어라!
그대가…
옳다…
아-이우…
내 육체는 양분을
원하고 있어…
먹는 거… 좋다…
아-이우가…
이제 이야기해준다…
우리… 친구다…
옛날… 오래 전부터…
사냥… 있었다…
… 예티… 잡았다…

이들의 첫만남은 비극 한가운데서 이루어졌다… 아-이우의 어미가 사냥꾼에게
당했을 때 아-이우는 아직 어렸다… 어미 예티는 피를 흘린 채 아-이우를 산 속,
은자의 암자까지 데려왔다…
어미 예티는 이미 몇 년 동안
이심을 관찰해왔다… 그의 덕을
알았기에… 어미는 새끼
아-이우를 그에게 남겼다…
이심은 어린 예티를 보살펴주었고
어린 예티는 이심을 따랐다…
둘은 오래 함께 살았다…
서로 의지하면서… 이심은 아-이우의
아버지였고 어머니였고
소중한 친구였다…
이심은 아-이우에게 말하는
법과 인간의 환생에 얽힌
비밀을 가르쳐주었다…
아-이우는 인간은 예티보다 훨씬 짧은 생을 산다는 것을 알게 되었다…
그리고 아-이우는 가엾게도 눈의 나라에 남은 마지막 예티였다…
이심은 아-이우 곁에 칠십 년을 머무르다…
어느 날 명상중에 저 세상으로 떠났다…
아-이우는 이심의 유골을 거두어
화장했다… 이심은 분명 뭇생명들이
깨달음을 얻도록 돕기 위해
이 세상에 다시 올 것이었다…
아-이우는 산꼭대기의 얼어붙을 듯한 고독 속으로 숨어…
이심이 다시 세상에 오기를 기다렸다…
살을 에는 외로움 속에 겨울이 수도 없이 지나고 또 지났다…

승려로 환생한 이심은 전생의 기억이 돌아오자
곧 예티를 찾아나섰다…
이심은 마침내
아-이우와 재회의
기쁨을 나누었다…
다른 얼굴, 다른
목소리, 다른
체취였으나…
… 변함없는 마음, 변함없는
덕, 변함없는 영혼인 채로…
아-이우, 다시 친구 됐다…
이심 새 이름은… 롭송!
계속해, 아-이우…
기억이 돌아오는
것 같아…
… 이심 다음에, 롭송…
…그 다음 생에는
챵가 타파…
그 다음엔 모든 이의
사랑을 받은 스승 소남…
그후엔 위대한 라마 잠팔…
그리고 나서 미팜…
그리고 이번엔 칠링가…
가브리엘 마르파…
아-이우, 너 태어날 때부터 멀리서 따라다녔다…
이심… 멀리서… 항상 보면서… 기다렸다…

아-이우,
내 벗이여…
이제 기억이
되살아난다!…
고기를 먹도록
한 것이 옳았어…
그런 허약한 몸으로는…
깨달음을 얻을 수 없었어…
그러나 이제는… 다르다…
많은 일을 할 수 있다…
다른 것으로 변할 수도 있다…
불꽃으로…
한자락 바람으로…

구름으로…
샘물로…
… 흩어졌다가…
… 다시 모이고…
아-이우!
예, 스승님…
내 길을 찾았다… 모든 것이 기억난다… 그래, 난 이심이다… 그러나 이심도, 가브리엘 마르파도 다만 내가 깃들인 육신의 윤회전생하는 고리일 뿐…
이제 이심이 진리를 깨쳤으니 우리 승원으로 돌아간다…
우리 승원… 불행히도 배신자 미그마에게 넘어간 그곳…
맞다… 승려들… 나쁘다…
나쁜 것이 아니야, 아-이우… 그저 무지할 뿐… 그리고 한 가지, 속세를 떠나기 앞서 해야 할 일이 있다… 어머니와 페마를 만나야 해… 내 삶의 은인인 그들을 광기와 불행 속에 버려두었으니…
안 된다… 가지 마라…
여기서 기다리라, 아-이우!
가지 마라!
가지 마라, 이심…

여섯번째 이야기

물의 삼각지대
불의 삼각지대

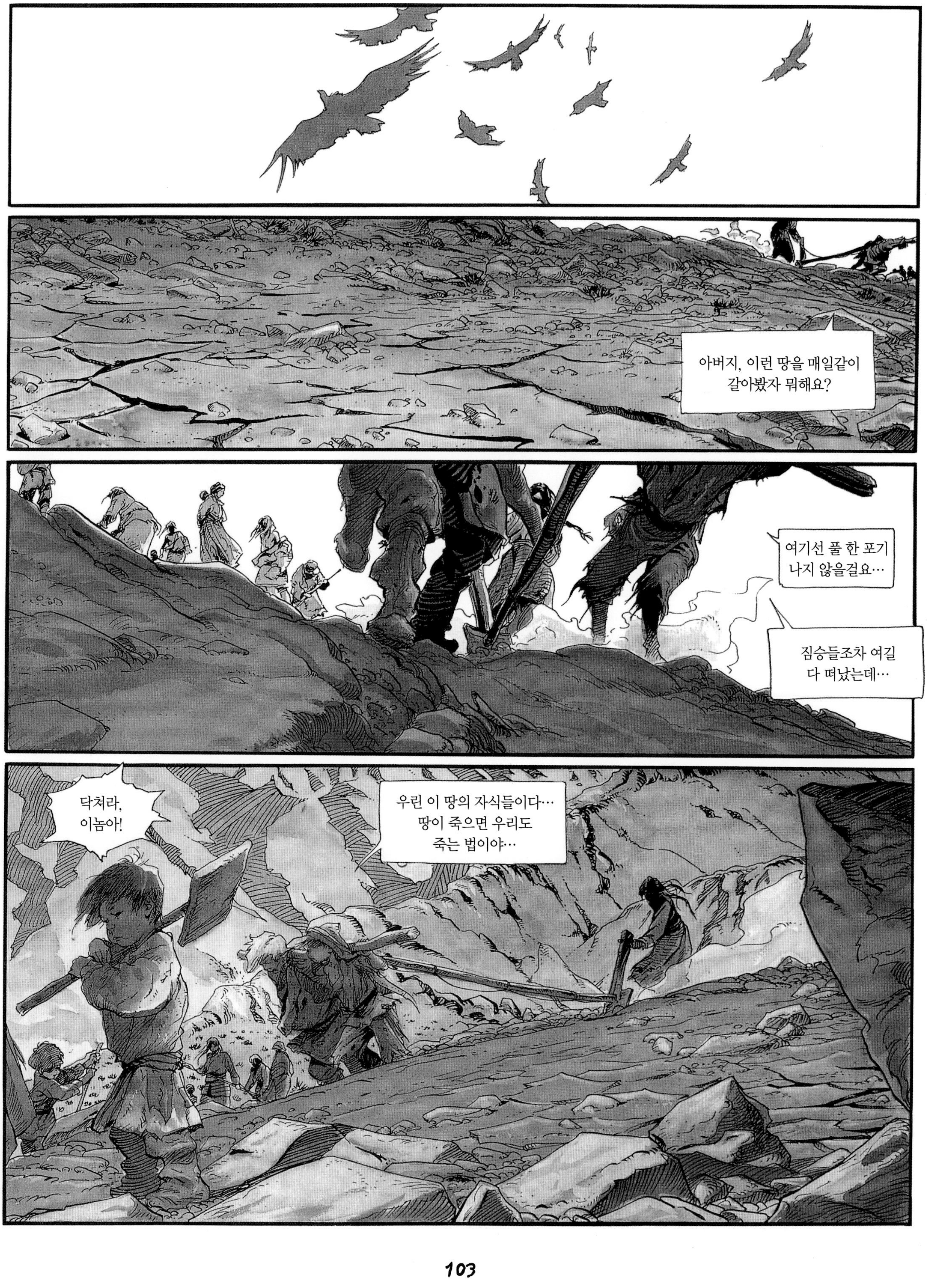

아버지, 이런 땅을 매일같이 갈아봤자 뭐해요?
여기선 풀 한 포기 나지 않을걸요…
짐승들조차 여길 다 떠났는데…
닥쳐라, 이놈아!
우린 이 땅의 자식들이다… 땅이 죽으면 우리도 죽는 법이야…

도저히… 더는
못하겠어요, 아버지…
목말라 죽을 것 같아요…
물이
얼마 없다…
한 모금만
마셔라…
저기… 저길 좀 보세요!
사람이…
날아다녀요!
!
미친놈
같으니!
쓸데없는 데
한눈팔지 말고
어서 일이나 해!…

이봐! 할 일 없는 놈! 뭐 잘났다고 성자입네 하고 다니냐?
네놈이 비행 연습이나 하고 다니는 동안 우린 죄다 굶어 죽을 판이다!
너 같은 놈이 도 닦아 성자가 된다고 땅에서 풀이 솟아나냐!
헛!…
?!!
게을러빠진 성자놈! 아무리 풀 한 포기 없다 해도 네놈 그림자 드리우기는 아까운 땅이다, 썩 꺼져!
한가롭게 하늘에서 빙빙 돌면서… 누구 약올리는 거야, 뭐야!
당신 말이… 모두 옳소…
허나 난 당신들을 도우러 왔소!
입 닥쳐라, 고약한 죄인아!

들어들 보우… 아트마란 몹쓸 여자한테 가브리엘이란 망나니 아들이 있었는데 그놈이 흑마술사가 되었지… 이곳에 우박을 퍼부어 집이며 논밭과 가축들까지 모조리 휩쓸어가게 만든 게 바로 그놈이라우!…
…그 망할놈의 가브리엘이 바로 저놈이야! 우릴 이렇게 처참하게 만든 놈이 바로…
숙부님! 숙모님!…
저놈은 죽어야 해!
때려서 마음이 풀린다면 때리세요, 숙모님… 맞겠습니다…
네놈이 성자가 되면 죄갚음을 안 할 줄 알고 큰소리치는 모양이다만… 잘못 짚었어! 네가 흑마술사였을 땐 두려웠지만 이젠 아무것도 겁 안 난다… 네놈은 이제… 그 잘난 성자가 되었으니!…
다들 이놈한테 덤비슈! 이놈은 절대 반항 못 하니까!
뭣들 하고 있수!

아악!
저기!…
당장
그만두지
못해!
다 죽여버릴 테다!
가브리엘!
?!!
페마!
아아아악!…

살무사 같은 것들! 다시는 아무 짓도 못 하게 해주마!
그만해요, 페마! 그만둬!
불쌍한 여자요… 그냥 두오… 숙모의 악행 덕에 불행이 무엇인지 알았어요…
또한 내가 맛본 불행 덕에 깨달음을 얻었소…
페마… 페마와 나에겐 이 세상 사람들의 삶과는 다른 길이 예정되어 있어… 우선, 용서하는 법부터 배워야 해요…
농부들의 말이 옳소… 내 탓입니다… 내가 우박을 불러왔기에 결국 가뭄만 이어지게 됐소… 지금은 죄를 묻고 징벌할 때가 아니라 다만 잘못을 바로잡을 때요!
증오를 접어야 할 때!
옴마니반메훔! 오, 바람의 정령이여! 내 잘못을 바로잡게 도우소서!…
도와주소서!

물의 정령이여, 도우소서!…
불의 정령이여, 도우소서!…

비! 비다!…
기적이다!
짐승들이여 산에서 내려올지어다…
초목이여 다시 자라날지어다!
오오, 힘센 땅의 정령이여, 도우소서!…

가축들이다! 다시 돌아오고 있어! 저길 봐… 이럴 수가!
물을 보고 몰려 오는 거야…
사방에서 떼지어 오고 있어!
내 당나귀다!… 돌아왔구나!
내 양들도! 염소들도!
사라졌던 가축들이 모두 되돌아왔어!…
이것 좀 봐! 땅에서 풀이 솟는다!
어떻게 된 거지! 보리가 쑥쑥 자라잖아!
가브리엘은 대단한 마법사야!

내 염소들도 다 돌아왔어… 그 사이 새끼까지 낳아 더 불어났어!
내 야크들도 전부 돌아왔어! 영영 잃어버린 줄 알았는데!
우리 가축들!
믿어지지 않아!
꿈은 아니겠지?
집으로 돌아가자! 이제 새 생활이 시작되는 거야!
상관없어요, 페마! 저들이 행복해 하는 걸 보니 나도 행복해요… 그것으로 충분해… 인사받고 싶어하는 것은 허영이오!
모두 가버리는구나, 가브리엘… 고맙다는 말 한마디 없이!
이제 어머니에게 가봅시다!…
그래, 가브리엘… 언니에게 가자…
숙모와 숙부는 우릴 따라오세요…

저기 계시다,
가브리엘!
어… 어머니?!

어머니!…
언니는 너를 다시는 볼 수 없다는 절망을 이기지 못하고 비참하게… 돌아가셨어…
어머니를 버려두다니… 용서하세요…
자기밖에 모른 아들을… 용서하세요…

헷헷, 꼴 좋군!
벌받은 거지 뭐…
팟!
아이쿠!
시체 뜯어먹는 맹금만도 못한 사람들!
살아남기 위해 난 싸우는 법, 사냥하는 법을 배워야 했어… 내 심장은 굳어졌지… 그러나 한순간도 널 잊은 적은 없어…
가엾은 페마… 우리가 이 생에서 함께하는 것은 수없이 이어지는 저 아득한 전생에서부터 단단히 묶여 있기 때문이오… 우린 결코 헤어질 수 없어요…
모든 것을 잃은 뒤, 우린… 외톨이였어… 아무도 우릴 도와주지 않았지… 굶주림을 견디다 못해 난 언니를 혼자 두고 구걸하러 나섰어…
눈물을 거두어요… 어머니의 시신을 수습하도록 도와줘요…
어머니… 고통에서 그만 놓여나게 해드리지요!… 운명이란 죽음으로 완성되는 것이 아닙니다… 살아서 이루지 못한 것을 죽어서 이루실 것이니… 마침내 진정한 어머니의 모습이 되실 때입니다… 빛의 존재가 되실 때입니다…

어머니의 뼈를
빻습니다…
아드 구루
에나-메!
쥬 가드 구
루 에나-메!
…이제… 흙과 물에
어머니의 유골을 섞어…
사트 구루 에나-메·
시리 구루 데브 나메… 옹 나모 구루 데브 나모
마침내 진정한 어머니의 모습이 되실 때…
옴…
…마니…
…반메…
… 훔

뭔가…
따뜻한 게…
아…
아트마…
따뜻한 게
느껴져!
오오!… 아트마!…
우리가 어쩌자고
그런 몹쓸 짓을…
용서해줘요!…
죽을… 죄를 졌어요…
우리가 정신이 어떻게
되었던가 봐요…
용서하세요!…
용서하세요…
사람의 죄는 지워지지 않는 법!
두 사람이 저지른 죄는 그에 상응하는
선업(善業)과 덕을 쌓음으로써만
속죄할 수 있습니다…
죄는 이미 저질러진 것…
용서를 구하지 말고…
속죄할 방법을 찾으십시오…
속죄라면…
어떻게?…
일하는 법을
배웠으니…
일로써
속죄하세요!
페마와 나는
떠나야 합니다…

두 사람이 그토록 탐했던 땅, 깊은 고통과 상처를 불러 왔던 이 땅을 남겨둡니다. 이 땅은 이제 두 사람 것이오…
갑시다, 페마… 신성한 어머니의 유골을 그 동안 내가 몸담아 수행했던 독수리의 보금자리에 모셔야지요…
나보다 먼저 지존한 스승 쿠촉께서 수행하셨던 곳… 내 오랜 친구 아-이우, 눈의 나라에 남은 마지막 예티가 기다리는 그곳에…
오, 어머니, 성모여, 여신이여…
…존재와 자비의 장엄한 아름다움을 비추는 빛의 존재여…

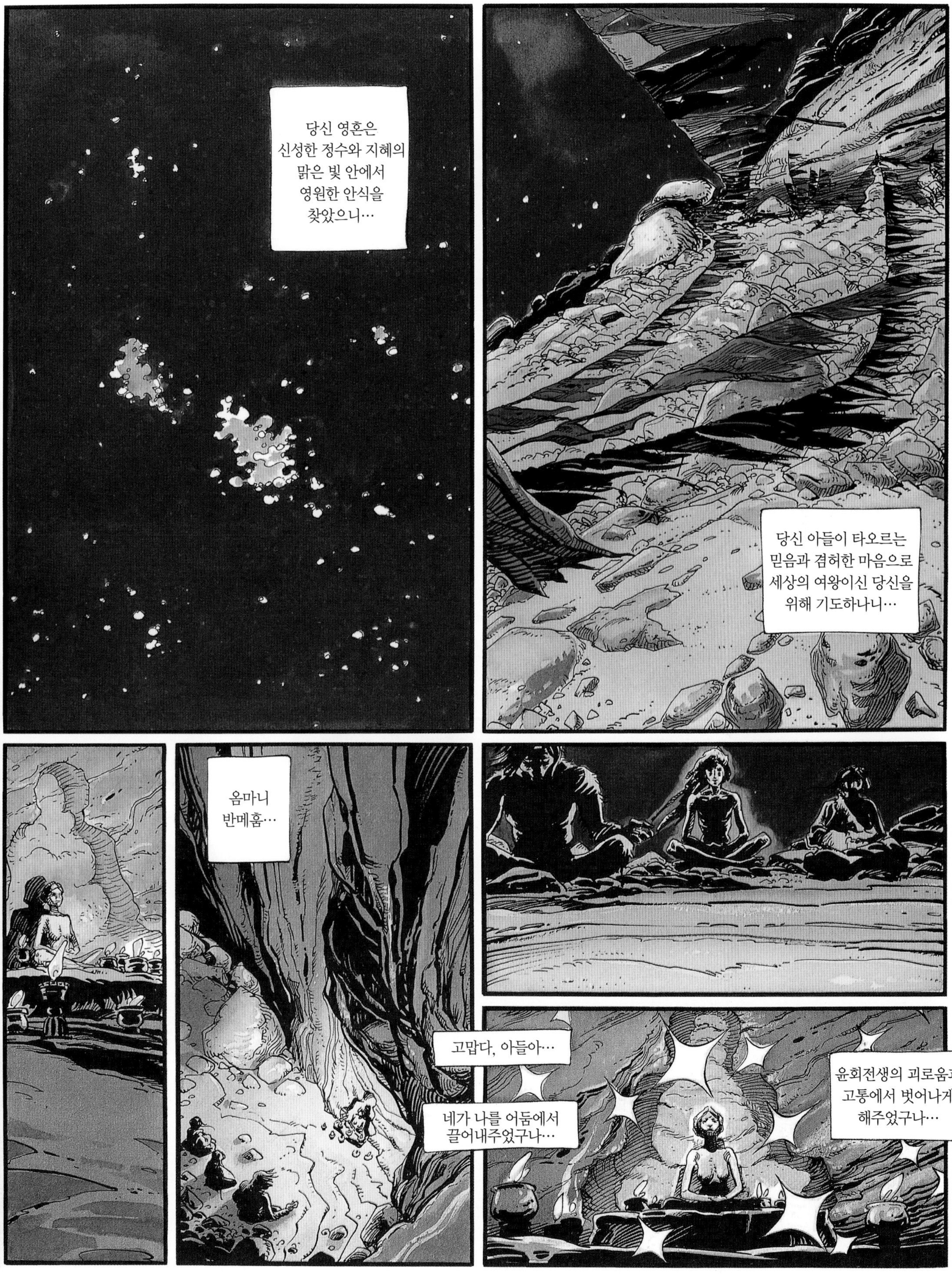
당신 영혼은
신성한 정수와 지혜의
맑은 빛 안에서
영원한 안식을
찾았으니…
당신 아들이 타오르는
믿음과 겸허한 마음으로
세상의 여왕이신 당신을
위해 기도하나니…
옴마니
반메훔…
고맙다, 아들아…
네가 나를 어둠에서
끌어내주었구나…
윤회전생의 괴로움과
고통에서 벗어나게
해주었구나…

비로소 나는 완전하고 순수한 빛을 향해 가게 되었다…
이제 내게 진 빚을 갚았으니…
가서 다른 이들을 구하거라…
수행은 끝났소, 페마… 세상 속으로 들어갈 때가 되었소…
그러자면 우선 승원에서 합법적인 내 자리를 찾아야 해요… 배반자 미그마와 가짜 툴쿠를 몰아내야 합니다!…
페마와 아-이우, 나를 도와주오…
추와 던돕, 톱덴과 린-파도!…

옴 나모 나라야 나야!
벗들이여,
돌아오라!…
돌아오라…
구루 구루 와헤 구루!
앙 상 와헤 구루!
냐오옹…
린-파!…

린-파… 고양이의 왕이여! 이토록 오랜만에 다시 만나다니! 참으로 기쁘구나!…
하나도 늙지 않았군요, 벗들이여!
초자연의 공간 속에선 시간이 흐르지 않는다, 가브리엘…
가브리엘은 변했어! 남자가 되었는걸!
속세에서 사람의 생은 물결처럼 흐르는 것… 그러나 순간 그 자체는 순수한 기적인 것을…
내 소중한 벗들이여, 춤을 춥시다…
생이 꿈처럼 흩어진다 해도 이 순간엔 춤을 춥시다…
이제 우리가 다시 모였으니 마침내 배반자 미그마와 그 일당을 물리쳐야 합니다…
?
하지만… 싸움을 하겠다 그거야, 가브리엘? 깨달음을 얻은 존재가 복수심으로 움직이거나 폭력을 써도 되는 거야?!…
톱덴, 비록 모든 것이 환영이기는 하나 아름다운 환영이 있는가 하면 끔찍한 환영도 있는 것…
분노나 증오 때문에 싸우자는 것이 아니야… 다만 악몽을 쓸어버리려 함이지…
눈의 나라의 아름다움을 다시 불러오려 함이지!

며칠 후, 샥포리 승원…
문이 잠겨 있는데, 가브리엘…
어떻게 함이 옳겠는지요, 던돕 스님?
미그마는 단단히 무장한 감찰승려들에게 둘러싸여 있을 터인데!…
문 열어라, 배반자! 어디 잘난 호위대를 풀어놔보시지!
우리가 겁낼 줄 아냐!… 신들이 우리와 함께 하시는데 무슨 소리!
쓸데없이 죽음을 자초하는 것은 어리석은 일이야, 톱덴… 그대 운명은 영웅이 아니라 현자가 되는 것일세! 여기 앉아 명상하게!
감찰승려들은 맹수나 다름없어… 눈도 깜짝하지 않고 피를 쏟게 할 사람들… 그러나 싸움이 아무리 성스럽다 해도 생명을 죽일 수는 없는 것!
어떠한 경우에도 살생은… 안 되네!
나왔다! 놈들이야! 가브리엘, 어떻게 해야 하지?… 명령만 내려!

앞줄이 무너지면 뒷줄이 나서면서, 저들은 칼과 창으로 우리를 제압할 것이다…
가브리엘, 우리가 희생하길 원하는가? 순교자가 되라면 기꺼이 그렇게 하리라!
톱덴 곁에 가 앉으세요! 그리고 기다리십시오! 혼자 저들과 맞서겠어요…
그대가?! 이제 성자된 몸으로… 어찌 싸울 수 있단 말인가!
저를 믿고 여기서 다만 명상하세요. 제게 맡기세요…
그리고 린-파! 지존한 고양이의 왕이여! 본능을 억제하라! 인내심을 가지라…
그르르르…
!

기다리라고…
그저
기다리라고…
진정하거라,
톱덴.
다 잘될 게야…
그르르 르르
들립니까? 비명 소리, 고함 소리…
승원 안에서 무슨 일이 벌어지고
있는 게 틀림없어요!
!!
!!!
저기!
좀 보세요!
도대체…
저게…

!...
으아아악!
가브리엘이 일을 내고 말았군요! 아아, 결국 이렇게 되다니…
승원을 구하기 위해 스스로 불심(佛心)을 포기한 겁니다!
가서 도와야 해요!
더 보고만 있지는 못하겠습니다!
그 말이 맞아! 갑시다!
톱덴!
!!!
주검들뿐이네! 송장들뿐이야!

시체와… 침묵뿐…
이런 끔찍한 일이! 도대체 어떻게 된 거지? 가브리엘은 어디에?…
!
헛!
고약한 살인마! 어디 덤벼봐라…
네놈이 내 상대가 되겠냐…
?!
으아아악
손도 대기 전에 고꾸라졌어요… 피를 뿜으면서…
대법당에서 싸우는 소리가 들리는데요… 가봅시다…

어… 어디고
가브리엘이!…
똑같은 가브리엘이…
스승님, 어떻게
저런 일이?!…
톱덴, 네가 보는 것은 가브리엘이
아니라… 그의 영상이다…
…저들이 가브리엘을
공격할 때마다…
상처를 입는 것은
오히려 저들 자신…

가브리엘은 어디에도 없다. 다만 공격자들의 마음속에 있을 뿐… 저들은 자신들을 향해 증오를 되쏘고 있는 것이다…
가브리엘을 없애려 할 때마다 저들은 차례로 죽어간다… 자신들의 손에…

그대들이 저지르는 죄가
그대들을 죽인다…
그대들을 멸한 이는
내가 아니라 다만
그대들의 파괴심!…
이제 모습을 드러내라,
미그마! 멀리 있지
않음을 알고 있다…
나오라! 헛된 죽음을
맞지 말라!

그대의 사람들은 모두 죽었다.
그런데도 비겁자처럼 숨었는가!
!!
가브리엘!

난…
난…
톱덴… 벗이여… 그대를 이해한다… 나를 구하고 싶었으리라… 허나 폭력을 쓸 필요는 없었다… 보라…
칼도 나를 어쩌지 못함을…
내 이미 그들의 칼날이 되었음을…
보거라, 가브리엘… 억압받고 짓눌렸던 승려들이 모두 나오고 있구나… 두려워 몸을 숨겼던 곳에서 저마다 나오고 있어…

독재자가 죽었다… 앞잡이들도 모두…
이젠 살았다!
해방이야!
진짜 라마께서 돌아오셨다!
가브리엘 마르파 만세! 진짜 툴쿠 만세!
?!
툴…툴…쿠우우우!… 자아… 작은…
작은 예수! 슬픈 얼굴로… 홀로 있구나!
스을프다아…
불쌍한 생명… 그러나 일할 수는 있으리… 진정한 네 자리에서 행복할 수 있으리라!
작은 예수… 슬프다…
일하면… 좋다…

몇 년 후…
냄새 한번 기막히군!
작은 예수 덕에 밤낮 없이 맛난 냄새가 진동하는군!
승원이 생긴 이래 저렇게 과자를 잘 굽는 사람은 없었어!
작은 예수 기쁘다!
맛있다! 맛있다! 작은 예수가 맛난 과자 만든다…
하하하하!…

내 스승, 가브리엘 마르파는 승원의 위대한 스승, 지존한 위엄을 갖춘 이의 자리에 올랐다. 성대하고 장엄한 의식이 베풀어졌다. 성장(盛裝)한 수천 명 무용수들의 행렬이 끝없이 이어졌다…
수천 수백의 깃발이 하늘을 덮고 방울과 북과 금관 악기와 팀파니 소리가 울려퍼졌다… 축제는 며칠 동안이나 계속되었다… 그토록 아름답고 장대한 광경은 누구도 본 적이 없었다…
가브리엘 덕택에 우리 승원은 티벳 전역을 통틀어 가장 성스런 사원이 되었다…
툴쿠의 성덕(聖德)이 온 나라를 비추어 순례자들의 발길이 끊이지 않았다. 사람들은 그를 먼발치에서라도 보기 위해 며칠이고 줄지어 기다렸다…

방방곡곡에서 병자들이 몰려들었다…
자비로운 가브리엘은 가난한 병자들을 한 사람 한 사람 치유했다… 기적이 꼬리를 물고 이어졌다…
나의 스승, 가브리엘… 신성의 경지에 오른 그는 고행이 아닌 구원을 실현하고 있었다…
그러나 나, 비천한 린-파는 작은 비밀을 고백해야겠다… 나는 아직도 완벽에 다가서려면 멀기만 하다…
밤이 깊어 인간들이 잠들면… 나는 살진 생쥐들의 뒤를 쫓아 승원의 지하 통로를 달린다…
억누르지 않고 본능을 맘껏 채울 수 있다는 것은 얼마나 말 못 할 쾌락인지…
스스로를 온전히 내주는 내 형제를 경건히 핥다가… 그 목덜미를 재빨리 눌러 으깨는 순간의 감동이란…
아아… 신선하고 성스런 고기로 배를 채우는 순간의 기쁨이여…
가르릉 가르릉 가르릉
본능을 충족하도록 허락하신 신들께 진정 감사하는 마음이 되어 나는 기분좋은 소리를 낸다…
쿨… 쿨… 쿨… 쿨… 쿨…
터질 듯 솟구치는 이 에너지는 툴쿠를 돕는 데 쓰리라… 내 발톱과 이빨로 사악한 무리를 물리치는 일을 도우리라… 맹세하며 나는 잠든다…

옴 마 니
쿠울…
반 메 훔
?
오늘 아침, 나는 견줄 데 없이 성스런 만트라에 잠을 깼다…
옴 마 니 반 메 훔 옴 마 니…
나는 진정 경이로운 장면의 목격자가 되었다… 동물의 지력이 가지는 한계를 넘어 그 장면을 고스란히 되살려 보일 수 있을지 모르겠다…
옴마니반메훔! 옴마니반메훔! 옴마니…
찬란한 수정 바로 옆에서 지존한 나의 스승 가브리엘과, 한때는 그의 스승이었으나 이제 제자가 된 추와 던돕이 명상하고 있었다…
갑자기 나의 스승이 혼수상태에 빠졌다. 이내 그의 몸에서 신령한 기운이 뿜어나와 어떤 형상을 만들기 시작했다…
나는 큰 울음을 내지르지 않기 위해 무던히 애써야 했다…
라마가… 우리 앞에 있었다…
던돕… 추… 믿음 깊은 벗들이여!… 이것이 마지막 만남이 되리라…
스승님! 제발 저희들을 두고 가지 마소서…
청원하옵니다! 저희들 곁에 남으소서!

이제 그럴 필요가 없다… 내게 몸을 빌려준 가브리엘 마르파의 정신이 마침내 지혜의 가장 높은 곳에 이르렀으니…
그가 나를 초월했음이라. 이제 나는 그의 몸에 녹아들어 영원히 그 육신 속에 머무르리라…
어떻게 그런 일이?! 육신은… 사람의 몸이란 봄날 아지랑이보다 덧없고 허망한 것일진대!…
그 때문에 환생이 필요한 것 아닙니까… "영원히 그 육신 속에 머문다"니, 무슨 뜻이온지요?
이제 그가 나를 인도하니… 그 몸 속에 녹아드는 것이 마땅하도다!… 그대들 또한 그를 따라야 하리라!…
나는 더 참을 수가 없었다. 가브리엘마저 흩어져 없어지지나 않을까 두려움을 이기지 못하고 그의 무릎으로 뛰어들었다. 그를 깨워야 한다!
냐아아옹!
친애하는 옛 스승들이여, 내 다시 그대들 곁에 왔구려… 그대들이 뿌린 씨앗이 마침내 열매 맺었으니…
그대들의 스승 미팜을 더는 볼 수 없음을 안타까이 여기지 마시오… 미팜이 내 정신 속에 녹아든 것은 내게 환생이란 더 필요치 않음을 깨달았기 때문…
마침내 늙음과 죽음의 덫을 영영 떨쳐낼 때가 되었도다…

사십세의 몸이여,
나를 떠나라!
육십세의 몸이여, 팔십세의 몸이여,
나를 떠나라! 그대, 기괴한
늙은 주검이여, 맹금들의
밥이 될 육신이여…
내 정신에서 나가라! 내 육신은 우주의
광대 무변과 영겁의 시간을 얻었노라!
의식의 우주는 고통도 늙음도 죽음도 모르나니!
이제 나는 영원히 죽지 않으리라!
나가거라! 물러가거라! 허망한 기생자여!
영원을 건너기 위해서는 죽음과 환생의
사슬도 필요치 않음이다!

가브리엘이 마침내 지극히 전능한 힘의 정점에 가 닿았구나…
이제 신들과 나란히 서게 되었습니다!
나, 이제…
…수정의 심장 가운데 들게 되었으니…
오오! 연꽃 가운데 보석이!
고귀한 광물계의 왕, 신성한 수정이 수천 년 전부터 나를 기다렸노라… 이것이 내 탈것이요, 내 돛배로다… 이제 수정이 내 몸과 하나가 되어 그 덕을 베풀게 되리라…
옴 마니 반메훔!

훔, 훔, 훔, 팟!
뭇생명을 살리기 위해 나는 늙지 않으리… 나는 영원히 세상에 남으리라… 그리해야 한다면 수천 년을… 고통받는 뭇생명이 나를 필요로 하는 한 영원히…
마침내 나는 다시 잠들 수 있었다. 일곱 번의 내 긴 생애 동안 늘 같은 주인을 모실 수 있으리란 사실에 안도한 채…

몇 년 후,
찌는 듯한 여름…
춘두 형제!… 문 밖에 다리가 썩어가는 강도 한 사람이 있는데요…
순례자들이 코를 싸쥐고 지나갈 지경입니다…
들어오라 이르세요… 지존하신 가브리엘님이 치유해주십니다…
말을 듣지 않아요… 차라리 밖에서 죽겠다는데요.
어디 가봅시다…
게서 뭘하는 게요?! 내려오시오! 썩은 균이 온몸으로 퍼지겠소… 위대한 라마 마르파께서 치유해주실 겁니다…
아니… 아니오… 난 그럴 자격이 없어요… 난 죄인이란 말이오!!!
죽이고, 강간하고, 훔치고… 마지막 남은 희망은 그저 성자의 빛을 멀리서라도 받으며 여기서 죽는 거외다…
죽은 죄인보다는 회개한 죄인이 한결 소중하지요… 그분께서는 판결하지 않으시고 다만 치유하신다오… 그분의 용서는 끝이 없다오…
성자님은 날 만지려 들지도 않을 거요… 더러운 이 몸뚱이를 어디라고 내놓겠소…
당신 마음이 어떨지 짐작 합니다…
내게도 그런 날이 있었소… 내 이야기를 들으면 생각이 바뀔 것이오…
아직 삶을 포기하긴 이릅니다… 들어 보오…

한때 나는 천하에 이름을 떨치던 악당이었소… 어느 날 싸움에 나섰다 가슴에 칼을 맞았지요…
헌데 상처가 완전히 아물지 않고 자꾸 벌어지는 통에… 피도 많이 흘리고 고열에 시달렸지요…
마침내 감염이 너무 심해지자 내 패거리들에게 부탁했소. 성자 라마가 계신 사원으로 데려다 달라고 일렀지요. 그것이 마지막 희망이었소…
사원 안뜰은 순례자들로 발 디딜 틈도 없었고… 그들의 기도 소리가 하늘을 울릴 지경이었지요…
군중 속에서 이리저리 떠밀리다 마침내 절망하고 말았소. 내 차례가 되려면 몇 주, 아니 몇 달을 기다려야 할지 몰랐던 거요…
나는 차라리 자결하리라 마음먹었습니다…
그때 승려 한 사람이 소리치며 달려오더이다… "멈추시오!"…
그는 내가 악당 춘두가 틀림없냐고 물었소…
놀라 물었지요. 어찌 내 이름을 아느냐고…
승려가 웃으며 답하기를…
스승님께선 모두 아십니다. 그분께서 당신을 보자 하세요…
나는 일어서려 했지만 그럴 수 없었소… 승려가 잠시 정신을 모아 신비로운 말을 외더니 따라오라 이릅디다. 그러자 일어서서 걸을 수 있었소…
그에게 의지해 군중 속을 힘겹게 헤쳐나갔지요…

톱덴이라 불리는 그 승려가 나를 명상실로 데려가더이다. 그곳에서 성자 아라한*께서 날 기다리고 계셨소…
나는 오만하게 선 채 꼼짝도 안 했지요…
우상 앞에서도 고개를 숙여본 적이 없는 나거늘 하물며 인간 앞에서…
그러나 가브리엘 마르파의 가이없는 성덕을 느끼고 나도 모르게 엎드려 그만 울고 말았소… 어린아이처럼…
그때 '지극히 높으신 그분' 께서 말씀을 시작하셨소…
촌두… 그대의 고통을 굳이 이야기할 필요 없다… 그대의 아우라를 통해 읽을 수 있노라…
그 상처는 그대의 선택에 따라 죽음도, 구원도 가져올 수 있으니… 약탈하고 죽이며 다른 이들의 피를 흘리는 일을 계속하겠다면 그대를 치유할 수 없노라…
그러나 그대 몸을 바치겠다면, 그대 힘과 용기를 다른 이에게 나눠주겠다면 내 그대를 치유할 수 있도다…
하오나… 저같이 하잘것없는 인간이… 어떻게…
그때, 가브리엘 성자 뒤로 투명한 빛이 일더니 젊은 칠링가 남녀가 웃고 있는 모습이 보였소…
아무 말 말라… 그대는 내 부모를 죽였다… 수잔과 가브리엘… 그들이 여기, 나와 함께 있다. 내 그대를 용서하듯 그들도 그리 하신다…

* 아라한: 온갖 번뇌를 끊고 깨달음을 얻어 생사를 초월한 존재가 된 성자를 일컫는 말 — 옮긴이

그대는 내 양부모 아트마와 쿠텐의 갓난아이를 죽여 그들 또한 불행에 빠뜨렸다… 허나 그들 역시 여기 와 너를 치유하라 이르신다…
내 눈에선 뜨거운 참회의 눈물이 흘렀다오…
저는… 저는 살 자격이 없습니다! 전 사람이 아니라…
… 괴물 입니다!
그대 내게 준 고통 덕분에 나는 진리의 길을 찾았노라… 그대 없었다면 나는 그저 재물만 탐하는 상인이 되었으리라…
상처를 보여다오…
그대 덕에 이 세상 뭇생명이 나를 통해 더 밝은 빛을 향해 갈 수 있음이라…
난 미칠 듯한 기쁨에 휩싸였지요. 가슴엔 흉터 하나 남아 있지 않았던 거요…
아아… 이럴 수가!
보살님의 말씀이 이어졌소. "마침내 예언이 이루어져 육중한 바퀴들이 이 나라의 길을 짓뭉갤 때 그대는 커다란 일을 해내리라. 그대 덕에, 짓밟힌 사람들 가운데 전통이 살아남으리라"…

내 이야긴 끝났소…
치유받으시오! 가브리엘님께
데려다주리다…
썩은 다리는 당신의
과거요… 이젠 벗어버리리라
결심하시오…
당신이 원하면 이곳에
남아도 좋아요…
다른 이들의 고통이
또한 당신의 것이니…
죄를 많이 범한 만큼
자비도 크게 베풀 수
있을 것입니다…
믿으시오… 믿음이
당신 안으로
들어오게 두시오!
새 길을 찾으시오!
샤포리 승원에서는
세월이 더디 흘렀다…
나팔 소리가 바람을 타고
천지 사방으로 흩어졌다…

오늘은 특별한 날이다…
모든 승려가 성자 가브리엘
마르파의 설법을 듣도록
빠짐없이 소집되었다…
자신의 몸을 불상
삼아 명상하며…
…오랫동안 믿음에 몸 바친
자라면 흙으로 불상을 빚어
경배할 필요가 없음이라!
늘 살아 있는 정신의 빛을
간직한 자라면 사원의 횃불을
밝힐 필요가 없음이라!
거짓된 자아의 환영으로
더럽혀지지 않은 합일 안에
녹아든 자라면 고행에
정진할 필요가 없음이라!

하늘은 이미 신성한 향기로 가득하니…
그대들이 예서 굳이 향을 바칠 필요가 없으며, 무용한 제의를 계속할 이유가 없도다…
이미 오래 전, 다른 생애에서 내 그대들에게 예언을 일렀더니라… 거친 증오의 물결이 이 나라의 문을 넘어오는 것을 보았으니…
오늘, 그대들을 모이라 한 것은 피할 수 없는 현실을 일러주기 위함이다…
… 마침내 예언이 이루어졌도다!
황소 해가 되었으니 광포한 맹수들이 이 땅을 짓밟으러 오도다…
붉은 깃발과 불행의 바퀴가 우리 땅을 휩쓰니…

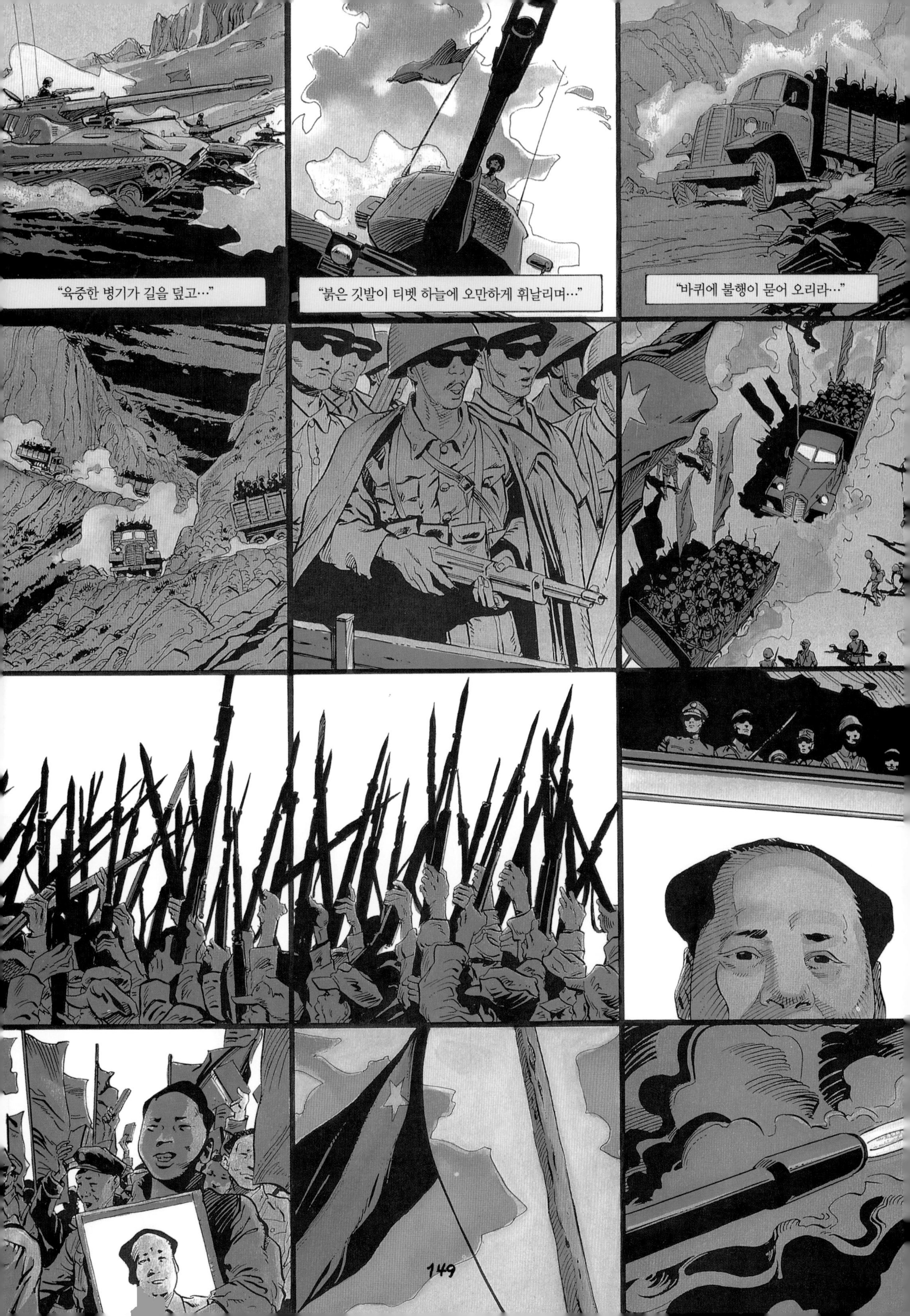
"육중한 병기가 길을 덮고…"
"붉은 깃발이 티벳 하늘에 오만하게 휘날리며…"
"바퀴에 불행이 묻어 오리라…"

"믿음의 기둥이 무너지고…"
"티벳 백성은 사방으로 흩어져 없어지니…"
마침내 예언이
이루어지도다…

더는 사원 안에 진실을
묻어둘 수 없으리라…
붉은 깃발과
불행의 화기(火器)가
우리 승원의 문 앞까지,
이곳까지 와 있다…
고통받는 사람들이
그대들을 필요로 한다!…
세상 속으로 흩어지라! 그대들 각자 살아 있는
사원이 되라… 꺼지지 않는 빛이 되라…
그대들의 정신을 땅에 녹아들게
하라… 성스런 이곳이 적들의 발로
더럽혀져서는 안 될 일…
저들은 금은보화가 묻혔다는 전설의 동굴을
찾고자 여기로 온다… 마법의 동굴이란
인간의 마음임을 모르고… 저들이 탐하는
보물이란 바로 사랑임을 모르고…
나를 도와
승원을 불태우라!

승원을 재로 만들라!
눈먼 자들이
욕보이지 못하도록!
이리 와 불을 붙여라…
나를 따르라!
아무것도 남기지 말라…
저들이 아무것도
발견하지 못하게 하라!
예불 집기 하나, 그릇 하나 남기지 말라…
고대 수사본 한 권,
그림 한 장, 작은
황금불상 하나도
남김없이…
모조리 불태우라…

우리는 새들의 왕,
독수리의 아들이었으니…
알 속에서 이미 날개를 펼쳤어라…
어릴 때는 둥지를 지켰으나…
이제 당당한 날갯짓으로
마침내 날아오를 때…
자유로이 앞을 보라…
저 태양빛을

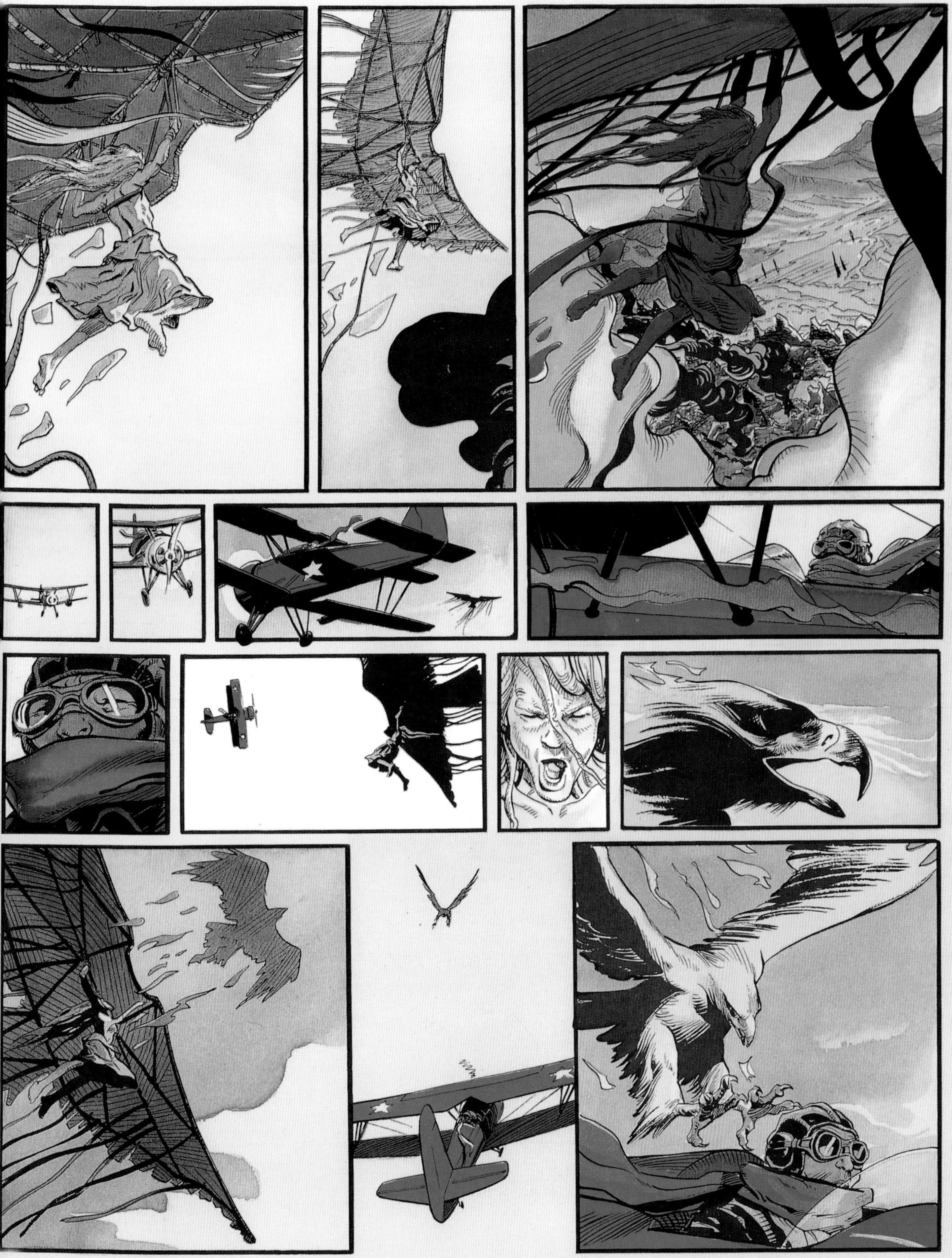

투 투 투 투 투 투
너는 하늘 끝보다 더 높이 올라…
악마 앞에서도 흔들림 없으리라…
어떠한 재난도 너를 두려움에 빠뜨리지 못하리니…
…너는 독수리들의 왕!…
끝
Georges Bess &
A. Jodorowsky